Knaur

Über den Autor:

Georg Klein, 1953 in Augsburg geboren, lebt mit seiner Familie in Berlin und Ostfriesland. Für einen Ausschnitt aus *Barbar Rosa* erhielt er im Jahr 2000 den Ingeborg-Bachmann-Preis, 1999 für den Erzählungsband *Anrufung des Blinden Fisches* den Brüder-Grimm-Preis. Im Knaur Taschenbuch Verlag ist ebenfalls sein Roman *Libidissi* erschienen.

Georg Klein

# Barbar Rosa

Eine Detektivgeschichte

Knaur

Besuchen Sie uns im Internet:
www.knaur.de

Vollständige Taschenbuchausgabe 2002
Droemersche Verlagsanstalt Th. Knaur Nachf., München

Umschlaggestaltung: ZERO Werbeagentur, München
Umschlagabbildung: The Dorothea Lange Collection, Oakland Museum of California
Satz: Ventura Publisher im Verlag
Druck und Bindung: Clausen & Bosse, Leck
Printed in Germany
ISBN 3-426-62250-5

2 4 5 3 1

Barbar Rosa

# 1

Hannsis Anruf weckte mich nicht; mir waren schon die Augen aufgegangen. Aber ich saß noch regungslos in meinem roten Sessel, wo ich, als mit dem Morgendämmern der Juckreiz nachgelassen hatte, in einen kurzen Schlaf gefallen war. Mit meinen bandagierten Händen hob ich das plärrende Gerät auf meinen Schoß, pulte den rechten Daumen und den rechten Zeigefinger ganz aus dem Verbandsmull, nahm schnell eine der Tassen vom Boden hoch und gurgelte mit einem Restchen Tee, um meine Meldung nicht mit allzu ungelenker Stimme aussprechen zu müssen: Mühler. Mühler Büro. Zwo-Null-Null-Dreiunddreißig-Null-Null-Zwo.

Hannsi ist mir weder Namen noch Nummer schuldig. So dürr und kalt, wie ich es kenne und letzten Endes schätzen muß, wurde mir mitgeteilt, ich habe bei ihm in der Verwaltung zu erscheinen. Als erstes wickelte ich meine Hände frei. Die nässenden Stellen waren über Nacht versiegt; immer verschwinden am dritten Tag alle Primärsymptome. Das Muster der rosafarbenen Bläschen war noch zu erkennen, aber sie waren erschlafft und ausgetrocknet, und ihre Häutchen begannen sich schon abzuschuppen. Ein Spezialist, dem ich die jukkenden und klebrig feuchten Handteller zur Diagnose hingehalten hatte, hatte das Phänomen eine Okkulte Allergie genannt und mir die chirurgische Durchtrennung bestimmter Nervenstränge in den Achseln angeraten. Immer wenn ich zu Hannsi will, schneide und feile ich meine lang und häßlich krumm gewachsenen Fingernägel, wasche mir die Füße und schabe die weiche Hornhaut des Müßiggangs von meinen Fersen. Immer wenn es zu Hannsi geht, ziehe ich meinen dunkelgrünen Anzug an, den ich vor Jahren mit einem Glücksgriff entdeckte und mir ohne Bezahlung zu eigen machen konnte. Der Anzug, damals schon drei Jahrzehnte alt, fiel mir an einem Ort, wo man nicht mit dem Unversehrten rechnet, ungetragen in die Hände, kein Knopfloch, keine Umschlagkante zeigte Spuren von Gebrauch. In einer der Hosentaschen fand ich, verfärbt und brüchig, die Rechnung über seinen Kauf. Den großen handbeschriebenen Kassenzettel hatte eine Registrierkasse im Jahr meiner Geburt, sogar in deren Monat abgestempelt. Allein der Tag, als ich das Licht der Welt erblickte, war knapp verfehlt. Mein grüner Anzug, aus zweiter Hand und neu zugleich, ist bloß drei Tage älter als ich selbst, was ich seit Anbeginn als gutes Omen nehme, und wenn mir Hannsi weiterhin regelmäßig Arbeit gibt, dürfen Jacke und Hose allmählich auf mir schäbig werden. Hannsis Verwaltung liegt nur zwei Ecken von meinem Wohnbüro entfernt, an der nächsten großen Straße. Sie füllt die beiden obersten Etagen eines Hauses, das auf den ersten Blick nicht neu, sondern wie ein vom Stuck befreiter, durch gründliche Sanierung kalt und glatt gemachter Altbau wirkt. Besucher gelangen zu Hannsi über den vierten Stock, vorbei an Wachmännern und angemeldet bei einer seiner Sekretärinnen. Ich aber, kleiner und freier Außendienstler der Verwaltung, fahre, wie es mir befohlen ist, gleich in den fünften. Dort gibt es, vis-à-vis vom Fahrstuhl, eine Stahltür, die sich mit Magnetkärtchen und Codezahl entriegeln läßt.

Ich trete in eine schmale Kammer; erst wenn das Schloß, das auf der Innenseite keine Öffnungsvorrichtung besitzt, wieder im Türstock einrastet, erhalten die Neonleuchten Strom. Von der Decke ist eine winzige Kamera auf mich gerichtet. Ich stehe vor einer zweiten klinkenlosen Tür, rechts blinkt ein roter Klingeltaster. Ich drücke längst nicht mehr darauf. Bei meinen ersten dienstlichen Besuchen hatte mich verwirrt, sogar gekränkt, daß ich nicht hören konnte, ob die Klingel funktionierte, daß mir also verheimlicht wurde, ob mein Einlaß, der unterschiedlich spät erfolgte, überhaupt mit meinem Läuten zusammenhing.

Länger als je zuvor ließ mich mein Chef im schattenfreien Quader der Schleuse warten. Ich lehnte abwechselnd an beiden Seitenwänden, zupfte mir nach und nach die welken Bläschen von den Händen, befühlte die neue Haut mit Lippen und Zunge. Schließlich rutschte ich in die Hocke, wollte gerade den Gürtel lockern, um bequem in dieser Haltung zu verharren, als das Licht erlosch und Hannsis Tür aufschnappte. Am Anfang meiner Arbeit, beim ersten und beim zweiten Mal, hatte er mir ›Vorsicht, Stufe!‹ zugerufen, danach empfing er

mich stets schweigend, meist waren Kopf und Oberkörper hinter einem der Monitore seiner Schreibtischinstallation verborgen. Das ist mir recht, ich sehe Hannsi ungern ins Gesicht und mag auch seinen Blick nicht auf den bloßen Stellen meines Körpers spüren.
Wir kennen uns schon schrecklich lang. Aber über unsere Frühzeit weiß ich fast nur zu sagen, wie ruhig Hannsi als Junge war, so maßvoll still, daß ihm nicht einmal widerfuhr, durch dieses Stillsein aufzufallen. Fünf Jahre gingen wir in dieselben Klassen einer höheren Schule. In der diffusen Mitte dieser Zeit saß ich eine Weile direkt hinter ihm und kann dazu mit Müh und Not sein dunkelblondes Haar und einen schmalen Nacken phantasieren. Jedoch der kahle Fleck, der sich, bei längerem darüber Sinnen, im seidigen Haar von Hannsis Knabenköpfchen zeigt, läßt mich an der Erinnerung zweifeln. Und das Gesicht des Schülers zwingt mein Gedächtnis mir mit keinem seiner Taschenspielertricks ins Bild.
Nie zuvor hatte mir Hannsi, wenn ich auf seinen Ruf bei ihm erschienen war, einen seiner schön geschwungenen Arbeitsstühle angeboten. Immer war ich, die Hände auf dem Rücken, vor seiner spitzwinkligen Schreibtischgruppe gestanden, hatte mich allenfalls an deren Vorderkante angelehnt, war zwei- oder dreimal bis zur Kniekehle auf sie hinaufgerutscht. Stets hatte er mir meinen Auftrag so schnell übergeben, daß mir dies aufrechte Verharren angemessen vorgekommen war. Heute jedoch wies mich mein Chef mit einem Fingerwinken an, die Tischbarriere zu umgehen. Er machte mir sogar

den eigenen Platz vor einem großen, flachen Bildschirm frei und ließ, von hinten über meine Schulter greifend, eine Computergrafik in Erscheinung springen. Es war der Aufriß eines Fahrzeugs. Durch Farbkontrast, Schraffur und Linienführung ergab sich eine grandiose Tiefe, eine fast übertrieben anschauliche Dreidimensionalität, wunderbar plastisch hoben sich besondere Einbauten ab, deren Funktion ich jedoch nicht bestimmen konnte. Das Auto, ein spezieller Lieferwagen, sollte, wie Hannsi mir verriet, Zielpunkt der anstehenden Arbeit sein.

Seit mir vor Jahren, nach einem Mißgeschick ganz eigener Art, der Führerschein entzogen worden war, hatte ich hinter keinem Lenkrad Platz genommen. Die Möglichkeit, die Fahrerlaubnis wiederzuerwerben, ließ ich ungenutzt, auch weite Strecken gehe ich zu Fuß, und wenn ich einen Auftrag Hannsis habe, darf ich auf Spesen Taxis nehmen. Als Hannsi mir ein zweites Mal über die Schulter langte, erwartete ich bloß, daß er die Grafik zum Erlöschen brächte. Statt dessen punktete der Leuchtschirm die stilisierten Körper zweier Männer in das Führerhaus des Wagens.

Kaum waren sie vollendet, begann das Fahrzeug langsam um eine unsichtbare Achse zu rotieren. In schöner Täuschung drehte es Bauch, Flanken und Dach nach vorn, während die Männlein, die es barg, die Brust gekreuzt von breiten Gurten, in ihren ergonomisch durchgeformten Sitzen haftenblieben. In einem Fehlschluß dachte ich zunächst an jene meßtechnischen Puppen, die

zur Simulation von Unfallschäden dienen. Aber als ich ein Weilchen, den ruhig atmenden Hannsi hinter meinem Rücken, ihrem zauberhaften Schweben zugesehen hatte, verstand ich: Diese Figürchen stellten keine Dummys, sondern, in allgemein humaner Weise, Fahrer und Beifahrer des Lieferwagens dar.
Hannsi, der eine dünne, helle Stimme hat und jede Silbe so, als würde sie aus Blech gestanzt, artikulieren kann, hat mir noch keinen Auftrag mündlich erläutert. Bisher hatte ich stets ein vor meinen Augen ausgedrucktes Skript erhalten, zu dem ich ihm, am selben Tag noch, telefonisch Fragen stellen durfte. Zum ersten Mal ließ er mich jetzt den Text, einen engzeiligen Block auf grünem Grund, gleich vom Bildschirm lesen. Wie immer war das Wesentliche knapp und karg gesagt. Der Lieferwagen sei samt seinen Fahrern, zwei Männern ungefähr in unserem Alter, vor drei Tagen in den Straßen dieser Stadt verschwunden – spurlos, wie Hannsi, in feiner Mitfühlung, fast zeilengenau ergänzte.
Hannsis Verwaltung hat mich in all den Jahren immer anständig bezahlt. Bei keiner der Tätigkeiten, zu denen ich mich davor hatte verdingen müssen, hatte ich annähernd so viel verdient wie dann in Hannsis Diensten. Wenn er mich anruft, ist mein Konto überzogen, meist bin ich schon mit einer oder zwei Mieten für mein Wohnbüro im Rückstand. Aber bereits am ersten Arbeitstag hilft die Verwaltung mir mit einem Vorschuß aus und überweist im weiteren einen hohen Tagessold und alle anfallenden Spesen. So habe ich im Handum-

drehen das Drängen meiner Bank gestillt und kann mir ein gewisses Polster für die auftragslose Phase schaffen. Der Bildschirm strengte meine Augen an. Als endlich die letzten Sätze eine freie, grüne Fläche nach sich zogen, waren darin ganz schwach, wie in einer zweiten oder dritten Schicht des Glases, die rechte Schulter meines Anzugs und Hannsis Kopf gespiegelt. Ich fragte ihn, ohne mich umzuwenden, ob diesen Wagen wiederzubeschaffen nicht eher etwas für eine der hochpotenten Afterfirmen der Verwaltung sei, aber Hannsi flötete mir ins Ohr – ich fühlte die Wärme, die Feuchte und das Stoßen des vom Sprechen überformten Atems –, es sei Arbeit für mich, da offensichtlich meinesgleichen mit dem Verschwinden des Geldtransporters zu tun habe. Ich fragte weiter, im Sitzen langsam müde werdend, zwei Nächte hatte ich dem Juckreiz meiner Allergie gezahlt, wieviel an Scheinen und an Münzen, gebündelt und gerollt, im Bauch des Wagens unterwegs gewesen sei. Und Hannsi meinte nach einem zarten Seufzen, es sei wohl nicht die Welt. Es sei, falls man es wirklich am Ganzen der Geschäfte messen wolle, wahrscheinlich nicht einmal der Rede wert. Dennoch handle es sich um eine Summe, die, mit dem Wort ›bar‹ zusammen ausgesprochen, peinlich berühren müsse. Zweifellos sei es ein Betrag, der – angekoppelt an die nackte Gegenwart von abgegriffenen Scheinen – für jedes aufgeklärte Ohr barbarisch klinge.

## 2

Kaum hatten meine Füße die letzte Schwelle von Hannsis Verwaltung überschritten, gerade bog ich von der großen Straße ab, als mich, zurückgestaut und nun verspätet losgelassen, die Abschlußbeschwerden meines Allergieschubs überfielen. Auf das Verklingen der Juckimpulse, auf das Erschlaffen der eitrigen Pusteln folgt, als hauche die Krankheit in ihm ihr Leben aus, ein letztes Symptom: In beiden Ellenbogenbeugen wächst ein lähmendes Gefühl, durch die Muskeln der Unterarme strömt es in die Hände, deren Gelenke schwellen an, und alle Fingerkuppen werden dunkelrot. Diese erhöhte Blutzufuhr jedoch kann nicht erklären, warum ich eine solche Last empfinde, warum es meine Hände quecksilberschwer nach unten zieht.

Auch dieses Mal wurde das bloße Schwingen der Arme zu einer schweren, fasernanspannenden Übung, und schließlich legte ich die Hände auf den Rückenschlitz meiner Anzugjacke. So, leicht nach vorn gebeugt, den Blick über den Gehsteig schiebend, wollte ich nach Hause, um dort den mir sicherlich bereits gefaxten Auftragstext in Ruhe zu studieren. Ich bin nicht ungebildet, nicht alles, was man mich in meiner Jugend zu lernen zwang, habe ich gleich oder im Lauf der Zeit vergessen. Aber das Wissen, all das, was ich über meine Sinne zu mir nehme, fügt sich nur selten zu einem dauerhaften Ganzen. Hannsi versteht das, vielleicht ergeht es ihm in seiner blanken Ordnung sogar bisweilen ähnlich. Und deshalb hatte er bestimmt dafür gesorgt, daß ich, was mir sein Bildschirm bunt und bewegt geboten hatte, nun noch einmal in schlichtem Schwarzweiß bei einem Täßchen Tee, zu meiner Sache würde machen können.

Ich lief am Rand der linken Straßenseite und ließ, vom Schleppen meiner Arme halbbenommen, die Plastikstoßfänger, die Räder, das Blech der gegen meine Laufrichtung geparkten Autos an mir vorüberziehen. Die stumpfe, rundäugige Visage eines alten Lasters fiel mir auf, weil sie aufreizend grell lackiert war. Die Penetranz der Farbe sollte anscheinend auf die Spitze treiben, daß er das Überbleibsel einer zu Schrott vergangenen Baureihe, daß er ein Kuriosum war. Fast bremste mich der Farbton, zumindest zwang er mir die Überlegung auf, ob er sich als ein häßlich aufgehelltes Lila oder doch eher als ein Rosa, leicht ins Violett verschmiert, beschreiben ließe. Beim Abschreiten des Anhängers, der in derselben Zweifelsfarbe glänzte, wollte ich mich entscheiden – aber es kam nicht mehr dazu.

In jenen letzten Jahren, in denen ich für Hannsis Verwaltung zu tun hatte, war ich schon zweimal, wie es in unserer Stadt geschehen kann, das Opfer eines Straßenraubs geworden. Auch jetzt war ich erstaunt, daß man mich auserkor, daß das Getriebe fremder Absicht mich in seine Rädchen zog. Mich packten Hände, sie faßten mich an Kragen, Gürtel, Hosenboden, rissen mich über den Bordstein, zerrten mich zwischen den Lkw und seinen Anhänger, dessen Lackierung mir nun, mit schreckhaft aufgerissenen Augen, einfach ein babyhaftes Rosa schien. Man trat nicht allzu fest, aber kräftig genug in meine Kniekehlen, ich fiel nach hinten, wurde aufgefangen und auf die Deichsel des Anhängers gesetzt. Als Abschluß dieser Prozedur riß man mir die Anzugjacke von den Schultern und ein Stück über die Arme, so daß ich von meinem Kleidungsstück gefesselt war. Dann ließen sie mir Zeit, das Ausmaß ihrer Übermacht in Augenschein zu nehmen.

Die Lücke zwischen Lkw und Anhänger füllten zehn Jugendliche, die meisten etwa halb so alt wie ich. Der Jüngste, dunkelgesichtig wie die anderen, gleich ihnen Kind oder Kindeskind von in die Stadt gekommenen Fremden, baute sich schließlich, die schmächtige Statur bis in die Zehenspitzen reckend, dicht vor mir auf. Die Handbreit, um die er mich, den auf die Deichsel Gesetzten, überragte, genügte ihm, um seine Nase abfällig zu rümpfen, dann zog er mit gespreizter Langsamkeit einen kleinen, rundköpfigen Hammer aus seinem Hosenbund und ließ das Ding, am Stielende gefaßt, vor meinen Augen pendeln.

Meine Vernunft, die ich gern schmähe und im Notfall doch bemühe, riet mir herauszufinden, wer der Chef, das Oberhaupt des jugendlichen Kollektivs, sein könnte. Alle trugen dieselben leuchtend roten Jacken, aber hinter dem Hammerschwinger stand, exponiert durch den

Abstand, den die anderen von ihm hielten, ein älterer Junge, dessen rechter Arm nicht in den Ärmel eingefädelt war, sondern, seltsam verdreht und nackt, aus der halboffenen Jacke hing. Die Art, wie er das magere, offenbar lahme Glied zu präsentieren wußte, und auch sein schmaler, hoher, kahlrasierter Schädel ließen mich vermuten, daß er die Stelle einnahm, über die ich weiterkommen mußte.

Als ich ihn ansprach, gab ich mir Mühe, bescheiden und doch verhalten, erwartungsfroh in sein Gesicht zu sehen. Den Blickkontakt zu halten wurde mir dadurch erleichtert, daß der Bandenführer eine kleine, verspiegelte Sonnenbrille trug. So mußte ich ihm nur vermittelt in die Augen schauen. Und da er nach meinen ersten Worten den Kopf ein wenig neigte, konnte ich mich als Figürchen in beiden Gläsern sitzen sehen. Ich fragte ihn, ob ich etwas für ihn und seine Freunde tun dürfe, und ein ganz minimales Lächeln, das seine Haut am Rand der Backenknochen straffte, machte mir Mut, die gleiche Frage ein zweites Mal, ein wenig ausgeschmückter, und dann, in blumiger Umschreibung, ein drittes Mal an ihn zu richten. Die Front seines Gesichts behielt denselben gleichgültigen Ausdruck, allein auf seinen Schläfen, vor den Ohren und unter der Kinnlade zeigten sich Falten, als wäre seine Mimik durch eine Lähmung aller mittleren Muskeln ganz auf die Peripherie beschränkt. Ich deutete die Anspannung als eine Art von Grinsen, und wirklich erwiderte der Starrgesichtige aus kaum bewegtem Mund, ich dürfe ihm und seinen Brüdern als

Zeichen meiner Achtung etwas, das ganz von Herzen komme, schenken.
Nachdem man mich erstmals ausgeraubt hatte, war mir eine Idee gekommen. Ich trage seitdem eine billige Börse bei mir, die mit Münzen prall gestopft ist und aus der drei kleine Scheine lappen. Tatsächlich hatte mir diese Vorbereitung beim zweiten Mal zu einem schnellen Abgang verholfen. Voll Zuversicht bot ich auch jetzt das präparierte Portemonnaie als Gabe an, jedoch ich hatte noch nicht ausgesprochen, da trat mir der kleinste Bandenbruder, der Hammerschwinger, mit seinem rechten Fuß, ohne ihn zwischen den Stößen abzusetzen, gegen beide Knie.
Ich weiß, ich bin begriffsstutzig. Bereits bevor ich ungewöhnlich langsam lesen lernte, hatte man im Kreis der Familie mein zögerndes Verstehen bestaunt. Und später auf der höheren Schule bewahrte mich oft nur die Dominanz der Schriftlichkeit vor peinlichem Versagen. In Hannsis Diensten hat mein Hang zum Zaudern, mein Unvermögen, einen neuen Umstand erkennend am Schopf zu packen, noch weiter zugenommen. Hannsi sagte mir einmal – fast wärmte Anerkennung seine Stimme –, der Zähfluß meiner Auffassung, diese stupende Blödigkeit, sei das Geheimnis meiner ihn und seine Auftraggeber letztlich immer zufriedenstellenden Arbeitsresultate. Also dachte ich mühsam nach, was ich den Rotjacken, die sich immer dichter um mich schlossen, denn außer Geld noch anzubieten hätte, und wollte eben, Besseres fiel mir nicht ein, meinen Gürtel und meine

Krawatte offerieren, als mir der Kahlschädel, den vielleicht meine Grübelfalten rührten, auf die Sprünge half. Sie würden die Übergabe meiner Anzugjacke, wahlweise auch des rechten Schuhs, als angemessene Geste akzeptieren. Mein rechter Schuh, er nannte ausdrücklich den rechten, war seit dem ersten Raub mein Geldversteck. Weit mehr als den Verlust der dort verborgenen Scheine fürchtete ich den gekränkten Stolz der Burschen. Wenn aufgeflogen wäre, daß ich ihnen nur einen Bruchteil meiner Barschaft angeboten hatte, hätten sie mir meinen altersschlauen Trick jugendlich grausam heimgezahlt. Das hieß, das Sakko meines grünen Anzugs opfern.

Verstört, das Ausmaß des drohenden Verlusts begreifend, mußte ich dulden, daß sie mir die Jacke ganz von den Armen zogen, mußte mit ansehen, wie sie dem Bandenführer zum Filzen hingehalten wurde. Allein mit den Fingern seiner Linken – der nackte rechte Arm pendelte spannungslos vor seiner Körpermitte – griff er in alle Taschen und warf die Köderbörse und meine Ausweiskarte auf die Fahrbahn. Den Benjamin der Bande wies er an, mir seine Jacke als Gegengeschenk zu überreichen. Der Junge klemmte sich den Hammerstiel zwischen die Zähne, streifte den Kittel ab, und mir blieb nichts anderes übrig, als in die dünne Haut zu schlüpfen.

Die fremde, zu enge Jacke um die Schultern, stand ich zwischen dem Laster und seinem Anhänger und sah der Bande nach, wie sie im Pulk – auf ihren Rücken waren Nummern abzulesen – die Straße überquerte. Ihr schnelles Gehen im gleichen Takt wirkte fast einstudiert, lediglich der lahme Arm des Bandenführers tanzte schlenkernd aus dem Rhythmus. Auch ich ging los, der üble Schmerz in meinen malträtierten Knien verlief sich Schritt für Schritt, und zugleich merkte ich, daß meine Hände ihr Gefühl zurückgewonnen hatten. Wie schön. Noch nie zuvor war mir die Abschlußtortur der Allergie so schnell verklungen. Mit frei schwingenden Armen erreichte ich die Querstraße, in die die Rotjacken verschwunden waren. Im Haus am Eck ist Hellas Laden, natürlich trat ich ein.

Immer ist Hellas winziges Geschäft wunderbar vollgestopft. Selbst wenn ihr Kiosk keinen weiteren Kunden beherbergt, bleibt wenig Platz zum Stehen. Als ich die Tür schloß, stieß ich mit einem Absatz gegen einen Zeitungspacken, ich stolperte, nur der beherzte Griff ins Seitengitter eines Rauchwarenregals verhinderte, daß ich nach hinten stürzte. Um weitere Kollisionen zu vermeiden, hockte ich mich auf einen festen, hohen Karton, laut Aufdruck enthielt er sechs 3-Liter-Flaschen weinhaltige Limonade. Hella ist nett. Sie nennt mich Mühlerchen, seit ich bei ihr verkehre. Und gleich, vom ersten Kennenlernen an, hat sie mich wie einen um zwei Ecken Anverwandten behandelt, dem sie verschwommen wohlgesinnt ist und den sie doch von jeder tiefer gehenden Vertraulichkeit verschont. Auch jetzt war ihr mein auffälliger Aufzug, das knappe rote Bandenjäckchen, keine Frage wert.

Hella ist nett und nicht mehr jung. Wir sind etwa gleich groß, aber ihre Köpermitte ist gewiß doppelt so breit wie meine. Die bunte Kittelschürze spannt sich glatt, an manchen Stellen fettig glänzend, um die Wülste ihres Rumpfes. Das straffe Anliegen des Stoffs, die Muster, die Hella liebt, und das ein wenig träge, aber geschmeidige Fließen ihrer Bewegungen ließen mich bei unserem ersten Zusammentreffen an eine satte, an eine frisch vollgefressene Riesenschlange denken. Hella ist mehr als nett, sie hat so viel Humor, daß ich es sogar hätte wagen dürfen, diesen Vergleich, als Scherz oder als Kompliment maskiert, zu äußern. Hella ist wirklich gut zu mir. Weil ich ihr freundliches Entgegenkommen von Anfang an genossen habe und weiterhin genießen will, bin ich nie der Idee verfallen, sie darauf anzusprechen, daß es in ihrem Laden schwer und süß nach Sucko riecht. Die Suckoküche liegt in einem der hinteren Räume, der Suckokoch ist Hellas Mann.

Es läßt sich sicher manches gegen Sucko sagen. Aber es liegt auch unbestritten auf der Hand, daß Sucko, trotz immer neuer Konkurrenzprodukte, der billigste und wirksamste Alkoholverstärker geblieben ist und daß man es zu jeder Zeit ohne besondere Umstände auf dem schwarzen Markt erhält. Ein alter Suckokoch, einer der Gründerväter dieser Sucht, der sich den Stoff von Anbeginn an durch die Eingeweide pumpte, zeigte mir einmal seine Utensilien: es waren nur zwei Schnellkochtöpfe, handelsüblich bis auf die leicht modifizierten Deckel, von deren Ventilen Schläuche zu einem kleinen Arrangement aus Glasschlangen und -kolben hinüberführten. So simpel und mit einem Blick begreifbar sind

wahrscheinlich fast alle der Suckosiedereien, die sich in Hunderten von Küchen unserer Stadt, auf einem Gas- oder Elektroherd, befinden.
Ich dachte an die Suckoköchelei, weil Hellas Mann von hinten in den Laden kam. Das ältliche, an Haupt und Gliedern zittrige Männchen schleppte zwei Kühltaschen, rangierte sie, schnaubend und brabbelnd, durch den von Waren verstellten Raum. Ich bildete nahe der Tür für ihn und seine Last eine fast unumgehbare Barriere, aber er schwenkte, von einem Fluch beflügelt, eine der breiten Taschen über meinen Kopf, zwängte die zweite und sich selbst an mir vorbei und wankte, die Tür mit einem Knie und mit der Stirn aufstemmend, grußlos aus dem Laden.
Tückisch an Sucko ist seine miserable Haltbarkeit. Der zähe Brei, den man in heißen Alkoholika auflöst und lauwarm trinkt, hält gut gekühlt mit Müh und Not drei Tage, und er verdirbt, ohne daß man sein Schlechterwerden ersehen oder schmecken könnte. Wer altes Sucko zu sich nimmt, bekommt Magen- und Darmkrämpfe, sitzt Tag und Nacht auf dem Klosett, bis ihn die letzte Kraft verläßt, bis Durchfall und Halluzinationen ihn in die Arme der Gesellschaft treiben. In stationärer Therapie muß er sich seine Darmflora von Spezialisten restaurieren lassen.
Hella merkt immer, daß ich Arbeit habe. Nie habe ich ihr von Hannsis Aufträgen erzählt, aber Hella spürt es mir sofort ab, wenn ich bei ihr erscheine. Es ist, als ob sich eine Arbeitsaura mit mir in ihren Laden schöbe.

Hella sagt nichts dazu, aber sie kocht uns dann in einem rotgepunkteten Emailletopf Kräutertee und erzählt mir allerlei Neuigkeiten, während wir ihren dünnen, klebrig übersüßten Sud aus Plastikbechern schlürfen.
Wie jedes Mal hörte ich dösig zu. Ich kann die vielen Namen, die Hella längst als eingeführt voraussetzt, nicht auseinanderhalten. Nie weiß ich, wie die Vorgeschichte und die neuen Begebenheiten zueinander stehen, fühle allenfalls instinktiv, wo Handlung und Erleiden zwingend ineinanderschnappen. Aber ich lasse alles über mich ergehen, ich glotze ohne ein Erwidern in den Dunst des Tees, kann so das eine oder andere wiedererkennen und schaffe es, Bruchstücke, Partikel eines halbverstandenen Geschehens, in den jeweiligen Auftrag hineinzuretten.
Zuletzt, ich ließ bereits den dickflüssigen Bodensatz des Tees über den Becherrand auf meine Zunge tropfen, klagte mir Hella über das Mißgeschick einer ihr lieben Freundin. Aus Polen sei sie angereist, um hier in unserer Stadt die Krampfadern auf ihren Waden beseitigen zu lassen. Aber das Ganze sei verpfuscht worden und jetzt noch häßlicher und schmerzhafter als je zuvor. Dann, ohne sinnstiftende Überleitung, schloß Hella an, daß mein Freund Kurti aus der Kur zurückgekommen sei und sich vor einer knappen Stunde nach mir erkundigt habe. Kurti hatte mir vor seiner Abreise noch Geld geliehen. Es war genau so viel, wie ich im rechten Schuh spazierentrug. Ich ahnte, wo er jetzt zu finden war, und ich brach sofort auf, um meine Schulden zu begleichen.

# 3

Die ›Grüne Zisterne‹ ist ein kreisrundes Eisenhäuschen. Vor einem Jahr, nach langer Leidenszeit, waren die rostigen Säulen und das halbzerfressene Pflanzenornament der Wände behutsam instand gesetzt und in den ursprünglichen Grüntönen gestrichen worden. Danach wechselte das Gebäude in schnellem Rhythmus seine Mieter, kein Kleingewerbe konnte sich in dem fensterlosen Rund aus Blech behaupten. Erst dem Betreiber eines speziellen Video-Handels gelang es, das einstige Pissoir mit regem geschäftlichem Leben zu erfüllen.

Einer, der vorgibt, viel zu wissen, und vielleicht wirklich manches weiß, hat mir erklärt, die Grüne Zisterne sei das letzte architektonisch im Originalzustand erhaltene Doppelstock-Pissoir Mitteleuropas, allein in Budapest gebe es noch zwei, jedoch zerstörerisch modernisierte Exemplare dieses Typus. Oben, zur ebenen Erde, habe es einst ein Kabinenklo mit Waschgelegenheit enthalten, während das Spülrinnen-Pissoir des Kellers über die elegante Außenwendeltreppe zu erreichen gewesen sei. Der Video-Spezialhandel, dem mein Freund Kurti die Treue hält, wird über diese Außentreppe betreten, von unten können die Kunden über eine neu installierte

Innentreppe ins Erdgeschoß aufsteigen. Ich fand Kurti im Keller, er stand vor einem Wühltisch mit herabgesetzten Filmen. Und wie er mich am Eingang sah, warf er die Hände in die Höhe und rief, zur Kasse blickend, daß mich der Himmel schicke.

Von Hella weiß ich, daß mein Freund Kurti besonders schöne Augen hat. Sie sagte einmal, sogar ein Reh müßte angesichts der langen, seidigen Wimpern und des Bernsteinfeuers in Kurtis Blick beschämt die Lider senken. Kurti, das schmächtige Kerlchen, könne, behauptet sie, mit einem bloßen Hinschauen in jeder Frau, vom halbwüchsigen Mädchen bis zur Greisin, das Weib entzünden. Mir war an Kurtis Augen nie etwas Besonderes aufgefallen, auch jetzt, als er mir voll Erwartung zusah, wie ich aus meinem Schuh stieg, spürte ich keine außergewöhnliche Kraft in seinem Blick. Ich zog die Banknoten unter der Sohle vor. Sie waren abgerieben und ein wenig feucht, aber er stieß sich nicht daran und reichte einen Schein gleich an den Mann hinter der Kasse weiter.

Kurti war schon das zweite Mal auf Kur gewesen. Nur zweimal bezahlen die Krankenkassen die weiche Form des Vollentzugs. Drei Monate hatte man meinen Freund in einem Sanatorium im gottverlassenen östlichsten Winkel unseres Landes unter Dach und Fach gehalten. Aber ich denke, daß weder dort noch sonstwo jemand glaubt, man könne einen Urinophilen mit Diäten und Verhaltenstherapien vom süßen Kreuz der Sucht befreien. Kurti ist außerdem schon über Dreißig und mehr als ein Drittel seiner Lebenszeit aktiv urinophil, also ein Fall ohne geringste Hoffnung. Er hat sich nach und nach ausschließlich auf die Ausscheidungen älterer Frauen programmiert – hat allen anderen Gelüsten, auch artverwandten, endgültig abgeschworen, wie er entschieden, fast fanatisch, zu beteuern pflegt. Der Videoshop Grüne Zisterne beschränkt sich, ähnlich streng, auf den Verkauf von nekro- und fäkophilen Filmen aus aller Welt und besitzt durch Angebot und Service einen guten Namen in der städtischen wie überregionalen Szene.

Mein Freund nahm mich am Arm und zog mich neben sich in eine Vorführbox, vor einen Großbildfernseher mit schwarzen Scheuklappen, wo man, halbwegs geschützt vor der Neugier anderer Kunden, die Videos probesehen kann. Kurti erklärte mir, daß während seiner Abwesenheit erregendes Material am Markt erschienen sei. Es gebe umkopierte Schmalfilme von Amateuren aus Weißrußland und der Ukraine mit völlig unbefangen agierenden Protagonistinnen und zweifellos authentischen Dekors. Das Band, das vor uns anlief, zeigte in schwammigem Schwarzweiß und schwankender Perspektive einen schäbigen, fensterlosen Schuppen vor versteppter Landschaft, die ohne Horizont in einen trüben Himmel überging.

An Kurti schätze ich, wie er die Sucht mit Sorgfalt und System verengt, daß er sich aus der Masse des angebotenen Materials einen langen Trichter formt, durch den er einer Art von Ziel entgegengleitet. Ich höre es nicht ungern, wenn er von dieser Rutschfahrt spricht. Sein Schwärmen rührt mich an, auch wenn ich seine Leiden-

schaft nicht teile. Bevor er dieses Mal auf Kur ging, war ihm nach stundenlangem Stöbern in den Sonderangeboten eines Video-Antiquariats als eine überfällige Erleuchtung aufgegangen, daß er sich stärker auf die Historie werfen müsse. Er meint damit, daß die Entstehungszeit der Filme vor seiner Geburt zu liegen habe, was unter anderem sicherstelle, daß alle der beim Drehen schon betagten Akteurinnen inzwischen mit Haut und Haar den Weg organischer Verflüssigung gegangen seien. Wie er mir das erzählte, dämmerte mir der Höhe- und Schlußpunkt seiner Sucht, das Licht am Tunnelende. Und ich, sein bester Freund, dem er sein letztes Geld leiht und von dem er es zurückbekommt, könnte der erste sein, dem er mit zitternder Stimme vom Aufleuchten dieser erlösenden Bildsequenz berichtet.
Während das Video in langen Großaufnahmen, so dunkel und so grobkörnig, daß ich fast nichts erkennen konnte, stillzustehen schien, strich Kurti mit einer Hand versonnen über den Seidenrücken der mir aufgezwungenen Jacke. Er sagte, daß er nun zur Arbeit müsse. Vorgestern, gleich nach der Rückkehr aus der Kur, habe er mit Hellas Hilfe einen Job gefunden. Bereits der gestrige erste Arbeitsnachmittag und -abend hätten ihm übermäßig Spaß bereitet. Er sei Bertinis Assistent geworden, er gehe dem bekannten Künstler zur Hand, erlerne so die großen und die kleinen Tricks und werde des Meisters Technik eines Tages selbst beherrschen. Jetzt sei es höchste Zeit, sich auf den Weg zu machen, er habe sich im Eifer für das neue Material bereits zu lange aufgehal-

ten und wolle nicht zu spät zum Dienst erscheinen. Gern könne ich ihn jedoch zu Bertinis Werkstatt begleiten.

Ich teilte Kurtis hohe Meinung von Bertinis Künsten, aber ich hatte nicht gewußt, daß der Meister damit zu so viel Geld gekommen war, daß er einen Assistenten finanzieren konnte. Ich habe Bertinis Arbeit – es waren die ersten Anfänge seines öffentlichen Wirkens – in der U-Bahn kennengelernt und zwischen zwei Stationen am rechten Nerv erfahren. Er kam – er war noch jung – wie irgendeiner in den Wagen und wäre wahrscheinlich keinem Fahrgast weitere Blicke wert gewesen, hätte er eine andere Nase im Gesicht getragen. Bertini setzte sich auf die Bank mir gegenüber, und während alle in meiner Reihe sich vergeblich mühten, an seinem riesigen Riechorgan vorbeizusehen, begann er seine breiten, von feuerroten Pusteln bedeckten Nasenflügel zu betasten, versuchte schließlich, den prallsten Pickel mit den Daumennägeln auszudrücken. Obwohl die U-Bahn lautstark rüttelnd durch eine Kurve fuhr, platzte die Pustel hörbar auf. Sofort nach diesem pfloppenden Geräusch floß grünliche Flüssigkeit über Bertinis Nasenspitze. Der Eiter tropfte ihm auf Kinn und Brust, schleimte in einer Menge aus dem Pickelloch, die seinem Ursprung gar nicht angemessen war – und eben dieses übertriebene Maß des eklen Flusses verhinderte, zusammen mit der Größe unseres Ekels, daß wir, die Fahrtgenossen, Bertinis auserwähltes Publikum, an der Erscheinung Echtheit zweifeln konnten.

# 4

Der Dunst der alten Mitte unserer Stadt erreichte Kurti und mich, solange wir noch Vorstadtknaben waren, homöopathisch ausgedünnt. In unserer peripheren Atmosphäre war er nur Wind im Wind, war kaum zu schmecken und wirkte doch wie ein Versprechen. Später, als wir, mit Akne und gekippten Stimmen, in den mittleren Vierteln nach den vag verheißenen Vergnügungen suchten, fanden wir, unseren Nasen folgend, schnell, wo dieser Mief, fast greifbar dicht, in abgesackten Schwaden hing. Rasch wurden wir in diesen Winkeln heimisch, ließen kein Schlupfloch aus – aber ›Bettinas Bar‹ haben Kurti und ich nicht mehr als Nachtlokal erleben dürfen. Denn, wie wir beide im Zentrum Wurzel faßten, war dort nur noch das Zwischenlager eines Getränkeautomatenhändlers, und dann beherbergten die Räume eine der ersten Suckoküchen und Suckokneipen unserer Stadt.

Nach deren Aushebung durch unsere Polizei war das erloschene Lokal keiner erkennbaren Nutzung mehr unterworfen gewesen. Die ganzen letzten Jahre, seit ich mein Wohnbüro bezogen hatte und in Hannsis Diensten stand, lag es wie tot an meinen Wegen. Das breite Stück Fassade, das mit großen, schwarzen Fliesen verkleidet ist, kann am Tag an ein Bestattungsinstitut erinnern, allein bei Nacht lenkt die kupferbeschlagene Tür mit ihrem grünglasigen Bullauge den deutenden Sinn immer noch auf das einstige Gewerbe. Und auch die Ortsbezeichnung hat sich in kurioser Zähigkeit erhalten können, man bleibt dem Namen treu, obschon die Neonröhren, die ihn vor den schwarzen Hintergrund geschrieben hatten, bis auf das B und R herabgeschlagen sind. Erst auf dem letzten Stück unseres Fußwegs verriet mir Kurti, daß in Bettinas Bar Bertinis neue Werkstatt sei. Er schlug mir vor, noch kurz mit ihm hineinzuschauen, denn auch auf seinen unvollendeten Objekten wisse der Meister einen aufgeschlossenen Blick zu schätzen.

Drinnen, in einer nach dem Zufallen der Tür fast vollkommenen Finsternis, schlüpfte Kurti aus seinen Schuhen, stupste mich ungeduldig an, da ich nicht gleich dasselbe tat. Meine sich langsam anpassenden Augen konnten jetzt sehen, daß der größte Teil der Räumlichkeit hinter dunklen Vorhängen verborgen war. Kurti zog mich am Ärmel meines neuen Jäckchens zwischen die Bahnen. Es waren mehrere Schichten schweren Stoffs, die ersten schienen mir frisch nach Waschmittel zu riechen, die folgenden, noch dickeren waren von altem Mief, von Zigarettenrauch und Mottenkugelduft gesättigt, und aus den letzten Vorhängen, an denen wir lange nach einem Durchgang tasten mußten, stieg immer noch der unverwüstlich süße Duft von Sucko auf.

Leise, von einer eiernden Kassette arg verzerrt, erklang Musik, und ich erkannte die Melodie eines uralten Schlagers. Er stammt aus einer Filmrevue, wie man sie einst in den Studios des östlichen Stadtrands drehte, in jener fernen Epoche, als Kriegsterror und Mangel das Publikum zu allen Tageszeiten in die Kinos trieben. Ich selbst kann mich noch dunkel einer Großtante entsinnen, die, obschon vom jahrzehntelangen Wohlstand unförmig geworden, erneut hungrig und hohlwangig dreinzuschauen vermochte, wenn einer dieser Filme im Sonntagnachmittagsprogramm des Fernsehens lief.
Zum letzten Mal zog Kurti zwei bündig geschlossene Vorhangbahnen auseinander, und über seine Schulter konnte ich endlich Meister Bertini bei der Arbeit sehen.
Seit langem habe ich Respekt vor bildenden Künstlern und vor den Gegenständen, die sie mit ihren Händen schaffen. Beides schätze ich von fern, bin nie auf die Idee gekommen, mich den Artefakten und ihren Produzenten mit Erlebnis- oder mit Erkenntnisdurst zu nähern. Bertinis Kunst war mir, Jahre nach seinem Auftritt in der U-Bahn, ein zweites Mal auf beiläufige Weise zugestoßen. Auf einem meiner Heimwege passierte ich spätnachts die ›Galerie für Nichts‹, die ihre beiden Schaufenster bis gegen Morgengrauen zu beleuchten pflegte. Im größeren Fenster verharrte eine menschliche Gestalt. Von wenigen Lämpchen sparsam, aber effektvoll angeschimmert, saß sie vor einem Notenpult aus Blech, auf dem ein halbzerfetztes Blatt von einer Wäscheklammer festgehalten wurde. Ich drückte meine Nase an die

Scheibe und erkannte Bertini, der ausdruckslos auf das fragmentierte Musikstück blickte. Er trug das kurze, knappe Oberteil eines mit Knöpfen und Tressen üppig verzierten Fracks, war unterhalb dieser Kostümierung jedoch nackt und hielt – so kam es mir beim ersten Hinschauen vor – sein bleiches erigiertes Glied mit den Fingerspitzen beider Hände. Erst das genauere Betrachten offenbarte, daß dieser zehnfach abgestützte Penis ein Vorsatz war, den sich der Musikant oberhalb des eigentlichen, unauffällig abhängenden Gliedes auf dem Bauch befestigt hatte. Zierliche Achsen und Klappen deklarierten das Zweitorgan zum spieltauglichen Instrument, zu einer Flöte, deren Erklingen allein für eine kurze Nachdenkpause ihres Bläsers unterbrochen schien.
Gemessen an jenem Musiker und seinem Instrument, an dessen Warten auf den nächsten Atemstoß, gemessen daran, wie ich die Nase und die Lippen ans staubige Glas des Schaufensters gepreßt gehalten hatte, war der von Kurti arrangierte Einblick in Bertinis Werkstatt blaß. Wir sahen den Künstler in einem grauen Kittel. Er modellierte an den Unterschenkeln einer Frau, die breitbeinig auf einem Hocker saß und, als ginge sie die Prozedur nichts an, in einer Fernsehzeitschrift las. Bertini hatte ihre Schienbeine und Waden mit etwas Fettigglänzendem grundiert und war dabei, mit einem schmalen Spachtel und buntgefüllten Spritzen Strukturen aufzutragen.
Bertini sprach mich freundlich und mit meinem Namen an, er sagte Nettes über die Tüchtigkeit meines Freun-

des, seines neuen technischen Assistenten, und fügte hinzu, daß Liebhaber der Kunst in seiner Werkstatt jederzeit willkommen seien. Mich wunderte, wie mittelmäßig, matt, ja fast geschlechtslos er ungeschminkt und ohne Kostümierung wirkte. Mit seinem Spachtel wies er auf die Beine der Frau, die, ohne mich zu beachten, in ihre Lektüre versunken blieb, und erläuterte, wie er die kürzlich falsch verödeten und nach dem Kunstfehler der Ärzte schlimmer denn je hervordrückenden Adern zu einem idealen Ausdruck überhöhen wolle. Mit einer zierlichen Pinzette sah ich ihn Härchen aus dem dunklen Schorf der frischen Narben zupfen, dann malte er mit einer Spritze Äderchen auf die von Schwellungen fast pergamenten angespannte Haut der Frau. Sein Assistent hatte indessen mit dem Mischen eines grünen Breis begonnen.

Während Kurti das Zeug mit einem batteriegetriebenen Quirl zu einer glatten Masse mixte, erzählte mir sein Chef, wie er zur Anmietung von Bettinas Bar und zur Einstellung eines Assistenten, kurz, wie er zu Geld gekommen war. Ein internationaler Klub von Kunstliebhabern habe ihn für das laufende Kalenderjahr zum Patenkind gewählt. Im Rahmen ihres Patronats gewährten die Mäzene ein üppiges Stipendium und die Gelegenheit, in fünf Metropolen Werke zur Ausstellung zu bringen. Als Gegenleistung werde ihm nichts weiter abverlangt, als beim berühmten Sommerfest des Klubs, das dieses Jahr während der Weißen Nächte in Petersburg stattfinden werde, eine Art ästhetischer Regie zu übernehmen.

Dabei sei sein Gestaltungswille natürlich keinerlei Beschränkung unterworfen.
Kurti ließ seinen Quirl auf hoher Stufe heulen und zwinkerte mir hinter dem Rücken seines Brötchengebers zu. Dann wies er Bertini auf mein elendes Jäckchen hin, erzählte, ohne den Mixer auszuschalten, was ich ihm von Überfall und Jackenraub berichtet hatte. Bertini, der hier in den mittleren Vierteln unserer Stadt Gott und die Welt und auch die Anführer der Banden kennt, versprach, deswegen nachzufragen. Oft lasse sich ein solcher Fall durch Zahlung eines Lösegelds zu einem guten Ende bringen. Er werde mir durch Kurti Nachricht geben, sobald ihm etwas über den Verbleib des Sakkos zu Ohren gekommen sei.
Nach Hause laufend, beschäftigte mich die Überlegung, ob Kurti nicht, wie ich, zu alt für jede Form von Lehre sei. Vor allem die Unschuld meines Freundes, die sich im Laufe seiner Sucht gleich einem weißen Taschentuch entfaltet hatte, schien mir jedem Brotberuf, auch einem Kunsthandwerk, zu widersprechen. Muß doch am Ende jeder Lehre als wahres Gesellenstück der Schritt ins Leben stehen. Und diesen Weg konnte meinem schon anders ausgereiften Freund auch ein Bertini nicht bereiten.
Schließlich wischte ich mir die kümmernden Gedanken damit aus der Stirn, daß ich mich – bereits in meine Straße eingebogen – auf meinen Auftrag rückbesann. Jetzt fiel mir ein, daß jene Frau, deren lädierte Oberschenkel der Meister in Ausarbeitung hatte, gewiß die polnische

Freundin Hellas war, von deren mißglückter Krampfadernverödung ich schon am frühen Nachmittag erfahren hatte. Ich tadelte mich streng: Es ging bereits auf meinen ersten Arbeitsabend zu, und ich hatte noch nicht damit begonnen, meinen dem Recherchieren entwöhnten Kopf zum Verknüpfen der aufgelesenen Tatsachen zu zwingen.

# 5

Mein Wohnbüro befindet sich im Souterrain; drei Stufen führen vom Gehsteig hinab zu einer Glastür, die wie die beiden Fenster bereits von meinem Vormieter mit Folie gegen Einblicke verblendet worden ist. Vom früheren Nutzer meiner Räume stammt auch das Schild:

Fußdiagnose & Handauflegen
Professionell / diskret
Nur Einzeltherapie

Es klebt von innen am Glas der Tür, unter der Folie. Ich habe bei meinem Einzug von außen ein zusätzliches Kärtchen an die Tür gehängt:

Wg. Trauerf.
auf unbestimmte Zeit geschl.

Jedoch bis heute klopft bisweilen jemand an das Glas, und zaghafte Hallo-Rufe heischen um Einlaß. Auch telefonisch melden sich nicht selten Klienten meines Vorgängers und bitten mich in schüchternem Ton um eine Nachbehandlung.

Ich rechnete damit, als Auswurf meines Faxgeräts den Text des Auftrags vorzufinden, aber es war nichts eingegangen außer einer Mahnung meiner Bank. Das sorgte mich nicht weiter, denn Hannsis Büro mußte noch heute, gemäß dem üblichen Verfahren, einen Vorschuß überweisen. Mit einer großen Dose Kräuterlimonade sank ich in meinen roten Sessel, um zu überlegen, was mir am dringlichsten erschien: Welches Oberteil ließ sich anstelle des gestohlenen Sakkos zu meiner grünen Anzughose tragen? Trotz angestrengten Grübelns fiel mir nichts ein, was mit ihr harmonieren könnte, und meine ganze Arbeitskleidung neu zu komponieren gestand ich mir, in meinen Auftrag eingetreten und schon von seinem Dunst benommen, nicht mehr zu. Ich fand mich schweren Herzens damit ab, erst einmal nichts zu unternehmen, wollte mir nicht einmal eine zweite Dose Kräutertrunk an meinen Sessel holen – als ohne mein Zutun doch etwas geschah.
Hannsi, mein alter Klassenkamerad, mein Chef, setzt die Bedingungen und hält sich selbst an unseren ungeschriebenen Vertrag – so lang, bis ihm gefällt, einige Konditionen umzustürzen und neue Regeln aufzustellen. Gerade als ich die letzten Tropfen Limonade in meinen aufgesperrten Mund zu schütteln suchte, hörte ich Schritte an der Tür. Ein Päckchen, schwungvoll durch den Briefschlitz meiner Tür gestoßen, klatschte auf die Dielen, rutschte sogar noch, als spürte es meinen Blick, ein Stück auf meinen Sessel zu. In einen Bogen Packpapier gewickelt, fand sich ein großes Kuvert und darin

ein von einem Gummiband taillierter Packen Geld. Es war in kleinen Scheinen, ich zählte sofort durch, genau das Doppelte der Vorschußsumme, die ich bislang per Überweisung erhalten hatte.
Ich wunderte mich über dieses neue, altmodisch direkte Zustellungsverfahren, auch die Erhöhung des Betrags war mir ein Rätsel, aber am meisten staunte ich darüber, daß Hannsis Hauptverwaltung so ausgesucht verdreckte Scheine, nicht selten eingerissen, manchmal sogar mit schmuddeligem Klebeband geflickt, für eine Auszahlung verwandte. Viele der Banknoten waren mit Pünktchen eines rosa Lacks verschmutzt, als hätten sie an einem Ort gelegen, wo man mit dieser Farbe sprühte. Ich stopfte das Bündel in die Innentasche der roten Jacke und fühlte mich von seinem Druck aufs Herz dazu ermutigt, sogleich die Brüder Ilbich aufzusuchen.
Die beiden haben ihren Fundus in einem aus seinem ursprünglichen Zweck entlassenen Bau, in einem aufgegebenen Parkhaus, dessen Decks wegen Materialermüdung und Wasserschäden nicht mehr befahren werden dürfen. Nur noch die ebenerdige Etage ist von der Bauaufsicht für eine eingeschränkte gewerbliche Nutzung freigegeben. Bei ihrem Einzug haben die Ilbich-Brüder, obwohl schon alte Männer, eigenhändig die Luftschlitze mit Spanplatten vernagelt, eine asthmatisch rasselnde Klimaanlage installiert und ihre Schätze in Blechregalen und auf langen Tischen aufgebaut. Sie leihen und verkaufen gebrauchte Comics, Zeitschriften, Prospekte und Broschüren, Gebrauchsanweisungen, Bedienungs-

anleitungen, Kataloge, Postkarten, Briefe in großen Mengen, meist Geschäftskorrespondenzen. Auch kleinere Posten Bücher, die sie beim Engros-Einkauf des eigentlichen Materials nolens volens übernehmen müssen, kann man hin und wieder bei den beiden finden.
Als ich die schwere Feuerschutztür aufdrückte, fand ich ›Ilbichs Gebrauchttextfundus‹ gut besucht. Der Laden der Brüder, die von sich sagen, das Leben habe ihnen das Schlafen abgewöhnt, ist rund um die Uhr geöffnet, und gerade der Abend scheint für viele ihrer Kunden eine gute Stöberzeit zu sein. Ich sah die beiden munteren Greise an ihrem Kassentisch, in die Durchsicht neuen Materials vertieft. Freund Kurti und ich sind einer Meinung darin, daß man die zwei, obwohl sie keine Zwillingsbrüder sind, kaum auseinanderhalten kann. Erst als ich es geschafft hatte, die Formen ihrer Glatzen an ihre Vornamen zu koppeln, war mir aus der Verlegenheit geholfen. Der Haarkranz Lionel Ilbichs sprießt noch so breit, daß seine Ohren auch oben grau umrandet sind, während Arnold nur einen knapp drei Finger schmalen Streifen Haar im Nacken seines Schädels stehen hat. Ob Arnold oder Lionel der Ältere ist, habe ich nie zu fragen gewagt, weil ich befürchte, den Jüngeren damit zu kränken.
Beide schauen mit wäßrigen Augen in ihr gemeinsames Geschäft, auf Material und Kunden. Die schweren Lider zeigen ein Netzwerk roter und blauer Äderchen. Ihre Münder sind ungewöhnlich groß, mit dicken, aber blutarm grauen Lippen. Die Brüder sprechen ein überklares,

fehlerfreies Deutsch, allein gewisse Altertümlicheiten seiner Syntax und das Knallen einiger Konsonanten verraten, daß es in der Fremde, gut tausend Kilometer östlich unserer Stadt, erworben worden ist. Nicht selten habe ich sie nach ausgefallenen Wörtern innehalten und seltsam versonnen lächeln sehen, habe sie dann das Wort, das sie verstummen ließ, leise wiederholen und schließlich, als wäre nichts geschehen, in normalem Tonfall von den Geschäften weitersprechen hören.

Die Ilbichs wissen, daß ich kein Sammler oder Leser bin, sondern nur komme, wenn ich Material für meine Arbeit brauche – für meine Aufträge, deren jeweiligen Wortlaut sie nicht kennen können, deren gleichbleibendes Wesen sie aber aus der Struktur meines Bedarfs erraten haben. Lionel Ilbich schob mir einen Hocker hin, ich setzte mich seitlich an den Kassentisch und sah den Brüdern, weil ich mich wie immer ein wenig genierte, mit meinem Ansinnen herauszurücken, ein Weilchen zu. Lionel sortierte einen Stapel uralter Pornomagazine. Die meisten warf er nach flüchtigem Blättern in einen Karton unter den Tisch, wenige auserwählte legte er seinem Bruder Arnold vor. Der glättete die Eselsohren, entfernte mit dem Daumen- oder Zeigefingernagel und einem großen Radiergummi Verschmutzungen von den glatten, bunten Seiten. Waren Blätter verklebt, dann fuhr er sehr geschickt mit einer in einen flachen Stiel geklemmten Rasierklinge dazwischen, durchschnitt den harten Fleck und legte die jahrzehntelang verborgenen Bilder frei.

Es war dann Lionel, der mich, ohne mit dem Sortieren aufzuhören, fragte, ob dieses schamhaft rote Jäckchen meine neue Arbeits- oder nur eine neue Freizeitkleidung sei. Sogleich fügte Arnold hinzu, ich sähe in diesem Kittelchen einem berühmten Baseball-Spieler ähnlich, der noch lange nach seinem Abschied von Keule, Ball und Rasen in Fernsehspots für ein Bier ohne Alkohol geworben habe. Ich ließ mich nicht auf das Gespöttel ein, sondern bat meine Archivare – so nenne ich die Brüder insgeheim –, mir, möglichst sofort, Material über den Geldtransport in Lieferwagen zu verschaffen.
Ich weiß, die Ilbichs nehmen den Handel mit gebrauchten Texten ernst. Nicht selten sah ich den einen, die tellergroßen Hände heftig reibend, verloren an die Aufschrift eines speckigen Aktendeckels, ertappte den anderen, wie er, die Augen schlierig, die abstehenden Ohren fiebrig rot durchblutet, die Nase in den Winkel eines Faltblatts senkte. Wer sie mit Sammler- oder Leseleidenschaft bedrängt, wird zunächst manches spitze Wörtchen ernten, kann aber bald mit tätiger Hilfe, mit kundigem, nicht nachlassendem Durchsuchen der Bestände, rechnen. An diesem Tag legte Arnold Ilbich, kaum war mein Begehren ausgesprochen, seinen Rasierklingenhalter aus der Hand und lief nach hinten zwischen die Regale. Lionel rief ihm noch ein Kürzel aus Buchstaben und Zahlen nach. Dann fragte er mich, weiter die Magazine prüfend, wohin ich denn meinen gewiß prallharten Sparstrumpf mit einem solchen Wagen transportieren wolle, ob meine Taler bei mir zu Hause unter der

Matratze nicht mehr sicher seien. Ich glaube nicht, daß ich Lionel irgend etwas von Bedeutung zur Antwort gab. Ich hockte einfach da und atmete die Luft des Orts, der trotz seiner Umgestaltung zum Gebrauchttextlager nach Parkhaus, nach Benzin, nach Motoröl und Reifenabrieb duftet. Die Brüder reden gern und fragen viel, aber schweigt man dazu, stört es sie nicht, wahrscheinlich hat sie das tonnenschwere Material des Fundus auch mit jeder Art von Antwort übersättigt. Nur ihre Kundschaft ist, selbst wenn sie scheu erscheint, verschämt durch die Regalreihen schleicht oder, wie ich, gehemmt auf einem Hocker wartet, im Herzen wirklich hungrig.

Ein wenig später, von meinen Archivaren gut versehen und nur um eine kleine Spesenzahlung ärmer, lief ich beschwingt in eine klare Nacht hinaus. Die Ilbichs füllen die Ware in henkellose Tüten aus starkem unbedrucktem Packpapier, und ich liebe das Geräusch, mit dem es am Schenkel über den Stoff meiner Anzughose schabt. Wie immer, wenn ich dergestalt in einem Auftrag Tritt fasse und mich sein Sog beschleunigt, verging mir die letzte Spur von Müdigkeit. Ich sah viel schärfer und weiter in die Straßen meiner Stadt, wie jedes Mal – ich spürte es gerade jetzt – zeigte ein heftiges, in meinem Hosenbein aufbockendes Zucken an, daß meine chronische Impotenz, meine auch ärztlich attestierte Schwellkörperschwäche, durch den besonderen Elan des Tätigseins für die Dauer meiner Auftragsarbeit auf wunderbare Weise aufgehoben war.

# 6

Ich lief unter der alten Hochbahnlinie, die hier auf plumpen Stelzen Richtung Osten knickt. Zwei Züge nahmen aneinander Maß, ich sah nicht hoch, aber durch die frische, meinem Schwung gemäße Atmosphäre konnte ich die Klänge ihres In- und Auseinanderrollens überdeutlich unterscheiden. Mit schnellem Schritt und auf dem kürzesten Weg trug ich das preisgünstig erworbene Material, die Dienstlektüre, zum Kanal, ich wußte dort ein Plätzchen, das mir ideal erschien, um die von meinen Archivaren ausgewählten Texte zu studieren.

Die Straße flog mir unterm Fuß, fast hatte ich mein Ziel erreicht, doch als ich den von Büschen hoch und dicht umstandenen Weg zum Wasser hinunterbog, rannte mir Kurti vor die Brust. Er ist ein Leichtgewicht, und mein von oben kommender, vom nahen Ziel bereits magnetisch angezogener Körper war beim Zusammenprall im Vorteil. Kurti stolperte an den Rand des Wegs, geriet in das Zweigwerk eines Strauchs, schlug mit den Armen, um nicht völlig in der Pflanze zu versinken, kam, über und über mit weißlichen Blütenblättern behaftet, auf den Kies zurückgetaumelt.

Im kümmerlichen Licht des Uferwegs sah ich ihn ganz

von Kopf bis Schuh, in einer Weise ganz, als hätte ich von meinem Freund, in der Normalbeleuchtung der vergangenen Jahre, wie durch ein Guckloch immer nur den Kopf gesehen. Er schien mir magerer denn je und vor der Zeit gealtert. Mit beiden Händen klopfte er sich über Kopf und Arme, um den weißen Belag zu lösen, erst jetzt roch ich den penetranten Duft, und vielleicht weil ich ihn nicht an Freund Kurti haben wollte, half ich ihm bei der Reinigung, zupfte ihm noch die letzten Blütenblätter von den Achseln und vom Kragen. Er hatte sich gefaßt, kam mir, dem Zögernden, wie oft mit einem Satz zuvor, rief laut, daß mich die Schicksalsgötter hergeleitet hätten, daß er mich, meinen Rat und meine Tat, gerade jetzt gebrauchen könne.
Unten am Wasser, wo das Licht der Gaslaternen die feuchte Luft erhellt und zugleich trübt, lief er, an meinem Ellenbogen ziehend, zügig zu, als wüßte er mein Ziel, und er erzählte mir in überstürzten Sätzen, daß er soeben von Bertini ohne Angabe eines Grundes hinausgeworfen worden sei. Er wollte, immer heftiger an meinem Ärmel zerrend, eine erstaunte Nachfrage erzwingen, jedoch tat ich ihm den Gefallen nicht. Mir war fast mit dem Schlag des Aufeinanderprallens klargeworden, daß mein Freund Kurti einen bedauerns- und tadelnswerten Rückfall in Geschlechtshandeln, in Greiflichkeiten gegen fremde Körper, erlitten haben mußte.
An diesem Stück des ehemaligen Industriekanals lagern untertags, bettelnd und Sucko süffelnd, mehrere Dutzend Obdachloser, und immer sind diesem Männer-

verein auch zwei, drei alte Frauen maskottchenähnlich beigegeben. Alle nächtigen, wenn es das Wetter zuläßt, ganz in der Nähe, auf einem Grünstreifen unter hoch über den Kanal gewölbten Abwasserrohren. Nach Einbruch der Dunkelheit finden sich Liebhaber abgezehrter Glieder, zahnloser Münder und beißender Aromen ein, um sich, schüchtern, lüstern und zahlungsfähig, als Kunden anzubieten. Ich hätte einen halben Auftragslohn darauf verwettet, daß mein Freund Kurti ein rundes Jahr in dieser Hinsicht abstinent gewesen war. Die Pflege und der Ausbau seiner Video- und Fotosammlung hatten sinnreiche Schranken aufgerichtet und jedes Überschnappen in blinde Handlungen verhindert. Sogar in seine Kur hatte er sich Arbeit, ein halbvollendetes Register aller Filme, Magazine und Einzelbilder, mitgenommen. Jetzt sprach er, die Finger beider Hände durch den dünnen Stoff meiner Jacke in meinen Unterarm gekrallt, nur von Bertini und der durch ihn erlittenen Kränkung. Er spekulierte wohl darauf, den frisch vollzogenen Fehltritt aus dem Gespräch herauszuhalten, obschon er wissen mußte, daß ihn der Ort unseres Zusammenpralls hoffnungslos eindeutig verriet. Er schämte sich vor mir; das dauerte mich doch ein wenig.
Nie hatte ich Kurti von meiner Arbeit und den Umständen meines Gelderwerbs erzählt. Nicht einmal Hannsis Name war ihm ein Begriff geworden. Daß er sich nicht nach den Zusammenhängen meines Tuns erkundigte, war ebenso selbstverständlich zwischen uns wie seine Redseligkeit in eigenen Dingen – wie sein Bemühen, mir

jetzt, wo er entlassen war, noch einmal von seinen beiden Tagen als technischer Assistent Bertinis vorzuschwärmen. Erst an der Bank, die ich als Sitz- und Studienplatz angesteuert hatte, löste ich seine Hände aus meiner Ellenbogenbeuge, ließ ihn, ohne mit Fragen einzugreifen, weitersprechen und leerte meine Tüte. Ein Packen muffiges Papier rutschte mir in den Schoß, ich hob die Oberschenkel etwas an, drehte mich halb von Kurti weg, um besseres Leselicht zu haben. Die drei Asbestglühstrümpfe der nächsten Gaslaterne gaben eine stabile, gleichmäßig dichte Helligkeit, wie gemacht zum Lesen verblichener Druckerzeugnisse. Allein das Grünliche, das alles gleich eintrübte, war unter Umständen als Mangel anzusehen.

Ganz oben lag ein großes Comic-Heft. Der Umschlag und die ersten Blätter fehlten. Die Zeichnungen waren nicht koloriert, so daß der Grünstich keine andere Farbe stören konnte. In einem ersten Überblick verfolgte ich den Helden, dessen Gestalt fast jedes Bild beherrschte. Er war ein großer Mann; mit überbreiten Schultern und knabenhaften Hüften hatte der Zeichner den Rumpf zum Dreieck stilisiert. Das kinnladenbetonte Antlitz spannte sich in jugendlicher Kraft, trug nur drei kommakurze Falten als Ausdruck von Bereitschaft und Erwartung. Dagegen hatte das Erfahrene, die Fülle siegreich durchlittener Kämpfe, keine Spur in das Gesicht gegraben. Die kräftigen Finger ballten sich zu Fäusten oder spreizten sich wie Klauen kurz vorm Zugriff. Sein dichtes, bürstenartig hochstehendes Haar wäre in einer farbigen Version der Bilder blond gewesen, aber das Gasgrün, mein Lektürelicht, schien mir für Hände, Schädel, Nacken und Frisur in gleicher Weise angemessen.

Schon auf der ersten Seite wechselte der Held manisch oft den Ort: Er eilte des Nachts durch öde, verkommene Straßen, erstieg im Mondlicht das Zickzack pittoresker Feuerleitern, duckte sich hinter Mülltonnen und an die regennassen Flanken schwerer Limousinen. Sein kurzer, enggegürteter Regenmantel bauschte sich auf in einer Windböe, stand, steif wie ein Sterz, vom Hintern weg, um sich im Folgebild zerknittert an eine Backsteinwand zu pressen. Das alles konnte mir gefallen und war so stilgewiß gelungen, daß ich die Hand des Zeichners schnell vergaß. Mein Genuß beim Nachvollzug der Handlung kränkelte nur daran, daß ich den sparsam, aber regelmäßig eingestreuten Text nicht lesen konnte. In den Sprechblasen und Unterschriftenkästchen standen kyrillische Lettern, zu Wörtern gruppiert, die gewiß nicht viel besagten, mir aber durch ihr Unentziffertsein quälend bedeutungsträchtig wurden.

Die ersten Seiten hatte ich zügig durchgesehen. Mein Comic bestand nur aus zehn Blättern. Und da dem Heft auch hinten ein Stück fehlte, mußte ich mit dem Ende vorliebnehmen, das mir sein Torso bot. Den Zeigefinger über die letzte Doppelseite schiebend, folgte ich einer langen Sequenz kleiner Quadrate. Sie zeigte die Stationen einer Verfolgungsjagd, deren Figurenreichtum, deren kompliziertes Hin und Her mein Lesen bremsten.

Ich wendete das letzte Blatt, und noch einmal nahm mich ein großes Bild gefangen: ein Hafenpanorama mit Kran- und Dampfersilhouetten vor einem zart schraffierten Morgenhimmel füllte die obere Hälfte der Seite. Darunter folgten als eine tiefer gehende Erläuterung und zum verweilenden Betrachten, fast zum Grübeln lockend, zwei dunkelgehaltene Viertelseitenbilder. Wie durch ein Bullauge blickte der Leser in eine wüste Unterwasserlandschaft, in deren Schlamm, bis an die Achsen eingesunken, ein Lieferwagen stand. Die zweite dieser Fenstersichten holte das abgesoffene Fahrzeug so nah heran, daß hinter seiner schmalen, algenumwehten Windschutzscheibe zwei Körper in Uniformen zu erkennen waren. In beiden Unterwassereinstellungen ließ sich das Fahrzeug, das offenbar bei seinem Sturz ins Hafenbecken kaum Schaden genommen hatte, an wenigen Eigentümlichkeiten als gepanzerter Geldtransporter erkennen.

Kurti, dem es gelang, den Fluß seines Klagens an keiner Stelle abreißen zu lassen, warf eine Handvoll Kies über die finstere Böschung zum Kanal und meinte nach dem Aufprasseln der Steinchen auf dem Wasser, daß vielleicht alle Künstler, gleich dem elenden Bertini, im zwischenmenschlichen Gebaren Schufte und in ihrer Arbeit Scharlatane seien. Mich freute, daß er vom wehleidigen zum unflätigen Schimpfen überging, und um seinem Ingrimm eine weitere Ausflußmöglichkeit zu bieten, fügte ich hinzu, daß auch die Eitelkeit, das kindische Selbstgefallen jedes Künstlers, ein Zusammenwirken quälend machen müsse. Hier jedoch widersprach mir Kurti mit erhobenem Zeigefinger. Gerade in der Praxis, in der Gestaltung der ausgewählten Körper, in deren Zurichtung zu Schaustücken, sei Meister Bertini von Bescheidenheit und nüchterner Sachbezogenheit bestimmt gewesen. Stets habe er das Nötige geduldig und ohne jede Arroganz erklärt und habe ihm, dem Anzulernenden, aus der Fülle seines künstlerischen Wissens immer das Schnellverständliche als Einstieg angeboten. Auch deshalb sei der Rausschmiß jäh und grausam grundlos über ihn gekommen.

Kaum eine Stunde nach meinem Weggang aus der Bar sei es geschehen. Bertini und er hätten die mit reichlich Rot ergänzten Krampfadern der Polin durch wenige Eiterinseln überhöht und eine glänzende Fixierung aufgetragen. Dann habe sich die Frau in das vom Künstler ausgewählte Kostüm gezwängt. Das Oberteil sei ein Kittel aus dickem, grünem Filz gewesen. Angeblich habe eine längst historische Miliz, Hilfstruppe der deutschen Wehrmacht im besetzten Osteuropa, einst solche Uniformjacken getragen. Außerdem sei die Polin in einen kurzen rotkarierten Faltenrock geschlüpft. So ausstaffiert, habe sie auf einem sorgfältig mit Schlamm bespritzten Militärmotorrad Platz genommen. Bertini habe die Beiwagenmaschine, ein seltenes Sammlerstück, nur unter teuren Auflagen für diesen einen Tag ausleihen können.

Frontal vor der Maschine stand schon das Daguerreotypiegerät. Um dieses Aufnahmeverfahren aus den

Anfängen der Photographie anwenden zu können, hatte sich der Künstler eine Plattenkamera gebaut, die moderne Belichtungstechnik mit dem historischen Bildträger kombinierte. Noch vor dem ersten Schuß auf die von Trockeneis mit weißem Rauch umwölkte Motoristin hatte Bertini seinem Assistenten abrupt gekündigt, ihn ausgezahlt und dann für immer aus der Werkstatt, aus Bettinas Bar, verwiesen.

# 7

Gewiß hätte ich Kurti an dieser Stelle seiner Erzählung unterbrechen und streng danach befragen sollen, wohin er denn mit dem von Bertini erhaltenen Lohn gegangen sei. Gewiß wäre es meine Freundespflicht gewesen, ihm hier auf dieser Bank – wir waren fast am Ort seines noch frischen Rückfalls – ein Geständnis abzuzwingen, das jene Handlungen mit Namen festgenagelt hätte, die er mit einer alten Obdachlosen unter dem Schutz der Barbezahlung und des Kanalgesträuchs vollzogen hatte. Ihn hätten mein scharfer Tadel und die eigene Zerknirschung schnell erleichtert, mir wäre zumindest die dumpfe Stummheit meiner Zeugenschaft genommen worden. Aber ich war bereits zu weit in meinem Auftrag fortgeschritten, um mich mit etwas, das von dessen Bahn abzweigte, aufhalten zu wollen.

Mein erstes Material, das Comic-Heftfragment, hielt mich, es vorwärts und rückwärts blätternd, in seinem Bann. Zuletzt brütete ich über den beiden Bullaugenbildern, deren nachtschwarz gerahmte Innenkreise den abgesoffenen, von Schmutzwasser umschlierten Geldtransporter zeigten. Seine straußeneigroßen, frei stehenden Scheinwerfer, sein hoher, enggezahnter Kühlergrill, seine durch eine Blechstrebe halbierte Windschutzscheibe und manches andere an ferne Zeiten erinnernde Detail schienen mit spitzer Ironie auf mich zu zielen – der ich doch nach dem neusten Bautyp dieser Fahrzeuggattung forschte. Mich biß der Spott, der aus den Bildern schnappte, aber jenes Erkenntnisgift, das ich zugleich davon erhoffte, drang nicht in meine Grübeleien ein. Also fragte ich Kurti, dessen Klagespirale erneut zu einer Schilderung seines Rauswurfs anzuheben drohte, ob er jemand wisse, der aus dem Russischen übersetzen könne.

Der Name der Polin ist mir zuerst von Hella und dann von Kurti laut und deutlich zugesprochen worden, ich glaube, mich zu erinnern, daß er mir nicht zischend fremdländisch, sondern knackend klar und anheimelnd vertraut entgegenklang. Aber da ich es niemals nötig hatte, ihn mit Zunge und Lippen nachzubilden, kann ich ihn jetzt nicht wiedergeben. Als wir, über die Polin sprechend, zu Hellas Laden liefen, wo sie laut Kurti fast jeden Abend mit ihrer Freundin ein Stündchen fernzusehen pflegte, war ich weiterhin gut gelaunt zu Fuß, während Freund Kurti auf seinen an der Ferse reibenden rechten Halbschuh schimpfte und für das kurze Wegstück von seinem frischverdienten Geld ein Taxi nehmen wollte. Mein Freund zeigte leider keinerlei Sinn für die bestechend klare Stadtnachtatmosphäre, die den Raum zwischen den hohen alten Häusern dehnte, aber er machte mir zumindest Hoffnung, den Text des ersten Materialstücks übertragen zu bekommen, denn ihm hatte die Polin, während die Fixierung auf ihren

Beinen trocknete, den gesamten Ton des neuen Videos, eine Erzählerstimme aus dem Off, simultan in unsere Muttersprache übersetzt.
Als wir bei Hella um die Ecke bogen, versperrte uns ein dichtgedrängter Haufen Schaulustiger den Weg. Es waren Kinder und Erwachsene jedes Alters, dem Schein der Fernseher entsprungen, als ihre Straße etwas Sehenswertes bot. Ein großer Mannschaftswagen der Polizei war quergestellt, das grelle Lecken seines Dachlichts und eine lockere Kette junger Polizisten in grünen Overalls hielten die Nachbarn von Hellas Laden fern. Direkt vor der Tür ihres Geschäfts standen, Stirn an Stirn, zwei weitere Fahrzeuge, ein Lkw der Feuerwehr und ein Notarztfahrzeug. Trotz seiner wunden Ferse hüpfte Kurti mehrmals in die Höhe, um besser sehen zu können, dann zog er einen älteren Jungen, den er kannte, am Ärmel aus der eng gereihten Menge, um ihm das Wissen, das hier alle haben mußten, abzuzapfen.
Der Junge verriet uns, daß es in Hellas Ladenwohnung eine mächtige Explosion gegeben habe, daß Hella mit blutverschmierter Kleidung herausgetragen worden sei, daß man nun in den Trümmern der hinteren Räume die Leiche ihres Mannes suche – und dessen Abtransport wolle er nicht versäumen. Als er sich wieder zwischen die Gaffenden drängte, flüsterte Kurti mir ins Ohr, das Ganze sei für uns vielleicht nur vordergründig ein Problem. Die Polin habe ja offensichtlich nicht mehr mit ihrer Freundin vor dem Fernseher gesessen. Sie hause unter dem Dach des Seitenflügels, und den könne man

auch von der nächsten Querstraße, über den Hinterhof eines Getränkehandels, der Tag und Nacht geöffnet sei, erreichen.

Das schmale Seitengebäude, in das wir so gelangten, war ungewöhnlich alt. Es war eines der Häuser, deren oberste Etage in enge, fensterlose Kammern aufgegliedert ist, so niedrig, daß ein mittelgroßer Mann die Decke mit der Hand berühren kann. Ich weiß nicht, welchen Sinn die Unterteilung einst besaß. Heute soll es verboten sein, die Nischen ohne sanitäre Nachrüstung als Wohnraum zu vermieten, aber der Zustrom von Menschen aus dem Osten hat solcherlei Verordnungen längst zu Papiertigern gemacht. In ihrem stickigen, durch eine Dachschräge zusätzlich verkleinerten Domizil empfing uns die Gesuchte auf einer Matratze, deren Schaumstoff ein Laken nur halb verhüllte. Vielleicht war sie, erschöpft vom langen Posieren vor Bertinis Kamera, gleich nach Hause gegangen. Mit Kurtis stillschweigendem Einverständnis sparte ich Hellas Unfall aus und erklärte, was ich wollte. Zum zweiten Mal bezahlte ich aus Hannsis Vorschuß Spesen. Die Forderung der Polin war bescheiden, ich hätte auch das Doppelte dafür gegeben, daß sie die fragmentierte Bildgeschichte meines Comics mit ihrer Übersetzung untersprach.

Ich hörte Hellas Freundin zu. Gehockt auf einen kleinen, offenbar defekten Fernseher, das rote Jäckchen auf dem Schoß, spürte ich zunächst nichts als ihr recht gutes Deutsch in meinen Ohren. Fast machte es mich schläfrig, vorgelesen zu bekommen – als meine Nervenapparatur aus dem Gehänge zwischen meinen Schenkeln erneut die lang entbehrten Impulse registrierte. Ich schloß die Augen, und mein Verstand vermochte das schwache Signal deutend zu verstärken. Das Kribbeln und das Zucken freuten mich sehr. Es war mir eine liebe Tradition geworden, ein kostbarer, im wahrsten Sinne eingefleischter Brauch, daß ich den sonst wie abgestorbenen Teilen, wenn sie sich während eines Auftrags wieder regten, rasch die Gelegenheit verschaffte, ihren Dienst zu tun. Es juckte mich, ich rutschte hin und her, griff mir unter dem Schutz des Seidenjäckchens tief in die rechte Hosentasche.

Die Polin nahm ihr Tun genau. Sie tippte mit dem Finger auf die Bilder, damit wir sicher wußten, welcher Satz zu welcher Szene oder in welche Sprechblase gehörte. So kam sie zügig auf die letzte Seite, und wie um eine Unterforderung auszugleichen, schloß sie einige Bemerkungen über das Russisch an, das sie uns übertragen hatte. Die Sätze seien mit erlesenen Wörtern und ausgefallenen Wendungen wie garniert und sollten, wenn sie sich nicht täusche, an die Sprache guter Bücher erinnern. Sie selbst habe als junges Mädchen gerne Russisch gelernt und als einzige in ihrer Klasse auch freiwillig russische Literatur gelesen. Mit Grund vermute sie, daß dieser Comicschreiber für einige Stellen die Dialoge bedeutender Romane geplündert habe. Und lachend, große Zähne bleckend, fügte sie hinzu, es sei, als ob die Sprechblasen gestohlenes Gold im Munde trügen. Auch Kurti fand das lustig und erzählte kichernd einen Witz, der sich

umständlich bis zu einer Pointe um geraubtes Zahngold schraubte. Mich wunderte, wie aufgeweckt er bei der Sache war, die sich doch nirgendwo mit seiner Leidenschaft berührte.
Erneut liefen wir um den Häuserblock herum, kamen wieder zu Hellas Laden, wo von dem großen Auflauf kein einziger Mensch, nur dichtgesäter Müll geblieben war. Die Front des Geschäfts war rußgeschwärzt, das Fenster und die Tür hatte die Feuerwehr mit Brettern zugenagelt. Mir klang noch aus der Stegreifübersetzung in den Ohren, daß jener Held, der in den Bildunterschriften nur mit ›er‹ bezeichnet war, von Rachedurst getrieben, die Suche nach dem Quell des Bösen aufgenommen habe. Er forsche nach jenem zweiten Hohlmuskel der Welt, der, parallel zum Strom des Lebenssafts, giftige Galle durch den Körper pumpe – ein Gift, das auch ihm selbst, dem Jäger, etwas, vielleicht das Liebste, angebittert habe.
Unschlüssig standen wir vor Hellas Tür, die bislang nie für uns versperrt gewesen war. Schließlich griff Kurti in einen Spalt zwischen den rohen Bohlen und zupfte mit seinem Zeigefingernagel an dem großen papiernen Wappen, mit dem die Polizei das aufgesprengte Türblatt und den angekohlten Türstock versiegelt hatte, bohrte dann mit demselben Finger in der Nase und meinte, in den Laden spitzelnd, daß Hella wohl die Suckotöpfe ihres Alten um die Ohren geflogen seien. Er wolle jetzt nach Hause, die frisch erstandenen Videokassetten beschriften und die Filme in die Kartei eintragen, und

hoffe, daß mit solch schöner Arbeit dieser für ihn verwirrend zwiespältige Tag doch noch zu einem guten Ende komme. Er klopfte mir auf die Schulter und sagte, ganz ohne Spott, daß dies an sich ein hübsches Jäckchen wäre, wenn nicht die aufgenähte Ziffer, diese grüne Zwei, so grell von ihrem Untergrund abstäche. Mir war es mehr als recht, ihn loszuwerden, denn meine Nebenabsicht, mein bockendes, von Hannsis Auftrag aus seinem Schlaf getriebenes Gelüst, verlangte, daß ich den Rest der Nacht allein beging.

# 8

Kurti und ich stimmen, wenn ein Gespräch diesen Gemeinplatz findet, schnell darin überein, daß es im Leben unendlich schwer sei, das Angenehme mit dem Nützlichen zu paaren. Jedoch im Schutzgebiet der Auftragstätigkeit, wo ich der Jäger bin und mich zugleich von Hannsis Erwartung hetzen lasse, ergibt sich stets eine Möglichkeit, den schnöden Gelderwerb mit der Befriedigung meines speziellen Kitzels zu verbinden. Ein Teil von Hannsis Anzahlung zweigt sich, ohne daß ich es groß planen müßte, wie auf einer Neigung rollend, schon in der ersten Phase meiner Nachforschungen in diese Richtung ab.

Ich ging zu Fuß, der unbedachte, doch zielgenaue Weg führte mich fast an meinem Wohnbüro vorüber, und dann passierte ich das Haus der arbeitsspendenden Verwaltung. Dort brannte in beiden Etagen hellstes Licht, als ob die dringlichen Geschäfte keine Ruhepause dulden mochten. Ich malte mir Hannsi aus, wie er, mit offenen, glasig starren Augen eingeschlafen, in seinem ergonomisch durchgeformten Sessel hing, erschlafft – jedoch bereit, beim Fiepsen eines Rechners, sofort hellwach und mit gespreizten Fingern, vor dessen Monitor zu schnellen.

Wenige Straßen weiter liegt, das wuchtige Sandsteinportal wie eine Schnauze vorgeschoben, geduckt und doch die anderen Häuser überragend, das ›Armenblindenheim‹ der Stadt. Es trägt im smogzerfressenen Fries noch diesen Namen, während ein neues, auch bei Nacht bestrahltes Schild das schmerzliche Gebrechen der Bewohner umschreibend abzuschwächen sucht. Die Pforte des Nachtportiers liegt etwas zurückgesetzt, ein leicht zu übersehendes Kabuff zwischen den narbigen Schenkeln der letzten beiden Säulen. Allein das Licht des Fernsehapparats erhellte den Verschlag, als ich herantrat und an die Scheibe klopfte.
Ich kenne den Namen des Pförtners nicht, ich könnte ihn auch nicht mit einer Aufzählung von äußeren Merkmalen beschreiben. Er ist ein alter Mann, zumindest älter als ich, vielleicht liebt er den Sport, denn als ich dieses Mal bei ihm erschien, lief auf der Mattscheibe bei abgedrehtem Ton ein Fußballspiel. Wir hatten, wie gewohnt, nichts zu besprechen. Der Preis steht fest, er weiß, daß ich jüngste Ware schätze, aber, ohne zu murren, auch ältere Stücke akzeptiere.
Wie immer bezahlte ich im voraus, indem ich den einst ausgehandelten Betrag auf den Fernseher legte. Ohne die Scheine wegzustecken, stand der Pförtner auf und führte mich durch einen kurzen Gang in einen kleinen Saal, den ich, nur so für mich, zärtlich die Rumpelkammer nenne.
Es macht nichts aus, daß ich nicht sagen kann, ob dieser vollgestopfte Raum Fenster und weitere Türen hat, ge-

nausowenig stört es mich, daß ich wohl nie herausbekommen werde, auf welchem Weg und über welche Hintermänner der Pförtner seine Handelsware bis zu mir, der ich inmitten des Gerümpels warte, heranzuschaffen pflegt. Es dauert immer lang. Die ganze Zeit gedulde ich mich unter dem weit nach vorn gewölbten Dach eines dort abgestellten Strandkorbs, auf dessen Polstern sich behaglich sitzen läßt und wo sich auch die einzige Lichtquelle des seltsamen Gemachs, ein nacktes, längliches Birnchen, befindet. Ihr Schein reicht aus, um eine Vielzahl von Produkten zu erhellen, die aus Stroh, aus Bast oder aus Weidentrieben geflochten und gebunden sind und einst als Blindenhandarbeit zu überhöhten Preisen in einem eigenen Geschäft nur eine Straße weiter feilgeboten wurden. Der Laden ist längst aufgegeben, inzwischen arbeiten die Blindenwerkstätten für die Elektronik-Industrie. Kurti hat mir erzählt, daß die Zöglinge des Heims in staatlich anerkannten, allerdings nur von Blinden ausgeübten Berufen ausgebildet würden und vor allem damit beschäftigt seien, Fernsehbildschirme zu montieren. Das Lehrlingswohnheim und das Blindenkinderheim, untergebracht in hinteren Trakten des Gebäudes, waren das Reservoir, aus dem mein Zubringer die Ware schöpfte.
Die runde Wohlbeschaffenheit des Strandkorbs, der für alles, was ich wieder einmal in ihm verrichten wollte, wie maßgefertigt war, machte mich hochgestimmt. In sicherer Erwartung fand ich sogar Muße, die Materialtüte erneut zu öffnen und nachzuschauen, was mir

die Archivare Ilbich außer dem Russen-Comic mitgegeben hatten. Die übrigen Papiere – zum Teil waren sie lose, zum Teil hingen sie an den Resten einer Fadenheftung – ergaben, das konnte ich nach einem ersten Ordnen übersehen, fast das komplette ›Betriebshandbuch des Janus-Dreiradtransporters. Alle Modelle & Sonderzubehör.‹
Es wäre übertrieben zu behaupten, daß mich der Titel tief enttäuschte, aber den rauhen, vergilbten Blättern mit den Schwarzweißzeichnungen und Tabellen gelang es zunächst wirklich nicht, mich irgendwie zu inspirieren. Der Strandkorb war breit genug, um alle Einzelteile der Broschüre auszulegen. Ich las, wie man das Frontrad des Dreiradlieferwagens wechselte, studierte die technischen Daten seiner erstaunlich potenten Zweitaktmaschine, staunte über die Zahl der Varianten, die für das Heck des Wagens angeboten worden waren. Er schien bei Handel und Gewerbe viel in Gebrauch gewesen. Zuletzt fand ich – die Ilbichs hatten, wie nicht anders zu erwarten, sicheres Gespür bewiesen – doch noch ein Detail, das meine Spürlust nährte: die Abbildung des ›Janus Sekuritas‹, der auf verstärkter Pritsche einen hohen Aufbau trug, einen Stahlkasten, an dessen Breitseiten Rolladentüren einen schnellen Zugriff auf das wertvolle Transportgut möglich machten.
Während ich diese Türen studierte, deren Stabilität und bequeme Bedienbarkeit die Bildlegende rühmte, kam mir, wie vom vorgestellten Auf und Ab den stählernen Rolladen herbeizitiert, der Zweck meines Hierseins in

den Sinn zurück. Ich ordnete die Handbuchteile, ließ sie wieder in meine Tüte gleiten, knäulte mit beiden Händen deren oberen Rand zusammen und fühlte mich dabei so überreizt, daß ich zum ersten Mal in meinen Arbeitsjahren nahe daran war, wie in frühsten Zeiten Hand an mein Geschlecht zu legen. Zum Glück hörte ich Schritte, und die Tür zur Rumpelkammer wurde aufgeklinkt. Ich liebe diesen Augenblick, weil der Portier, in schöner Einfühlung oder als führte ihn eine Regie, nie selbst eintritt, sondern das, was er für mich aufgetrieben hat, nicht selten barfuß und im Schlafanzug, mit einem leichten Schubs zwischen die Weidenkörbe, Teppichklopfer, Fußmatten und Rasierpinselkartons befördert.

Der Schock, der mich, erhitzt und ungeschützt, wie ein Eisblitz durchzuckte, ist mir in gnädig nebelhafter, doch unauslöschlicher Erinnerung geblieben. Das sicher und süß Erwartete war durch etwas Scheußliches ersetzt. Anstelle des zarten Tauschobjekts stand ein unmäßig breiter, fetter und muskulöser Männerkörper in der Tür. Der Kerl hatte die wulstigen Brüste und den Kugelbauch in ein Netzhemd gezwängt, trug eine helle Hose und riesige Holzpantinen, was mich sofort an einen Bademeister denken ließ. Er bellte einen unverständlich dumpfen Satz in meine Richtung, aus dem ich nur die Wörter ›schnell‹ und ›weg‹ verstand. Er stampfte dazu mit einer der harten Sohlen auf den Boden und schlug mir, als ich, Jacke und Tüte in den Händen, an ihm vorbei zu flüchten suchte, mit seiner Riesenpranke flach an den Hinterkopf – lässig, gewiß, aber so wuchtgeladen, daß ich mit dröhnendem Schädel mehr aus Instinkt als dank bewußter Orientierung den Weg durch Gang und Pförtnerloge hinaus auf die schon morgengraue Straße fand.

# 9

Mein kleines Mißgeschick warf mich nicht weit zurück; kein Blatt des Materials war mir entrissen, kein Bein und keine Hand gebrochen. Zwischen blankrenovierten und schwarzzerfressenen Fassaden, die sich gleichwertig prachtvoll in die Morgensonne hoben, lief ich, dem Licht entgegen, Richtung Osten. Man sagt zu Recht, daß dem, der guten Mutes ist, die eigenen Füße weiterhelfen, und wirklich, nur zwei Straßenzüge weiter näherte ich mich einem Telefonhäuschen, das, was in dieser Gegend rar geworden ist, benutzbar schien. Zwar waren die Scheiben rundum eingeschlagen, die Krümel bedeckten den Kabinenboden, als hätte es im Morgengrauen Glas gehagelt, aber der Apparat, ein altmodisches Münzgerät, war wie durch ein Wunder unversehrt.

Hannsis Nummer, deren ich mir nie ganz sicher bin, fiel mir, kaum war das Geld im Schacht versenkt, mit völliger Gewißheit ein. Alles gelang, also mußte der rechte Augenblick gekommen sein, um die mir zustehenden Fragen vorzutragen. So war es Usus, und nichts deutete darauf hin, daß Hannsi, mein Chef, mein einstiger Klassenkamerad, mit dieser Tradition gebrochen hätte. Da er sich nie mit Namen meldet und auch nicht wartet, bis

ich mich zu erkennen gebe, sondern sofort, buchstäblich nach dem Abheben des Hörers, von unserer Sache spricht, bin ich seit langem davon überzeugt, daß die Nummer für mich und meine Fragen reserviert ist.
Als mir an diesem Morgen, einem strahlend anhebenden Werktag, wie ihn in solcher Klarheit vielleicht nur die alten Viertel unserer Hauptstadt bieten, zum ersten Mal das Blöken eines Besetztsignals in den Gehörgang stieß, versuchte ich mir gegen besseres Wissen einzureden, ich hätte mich verwählt. Aber das kränkende Geräusch riß, wie um mich weiter zu verwirren, bevor ich handeln konnte, knacksend ab, und Hannsi sprach mit ruhiger Stimme. Als wüßte er um meine Überraschung, nannte er meinen Familiennamen und dehnte dabei dessen ›ü‹, um ihn korrekt, fast überdeutlich vom Allerweltsnamen zu unterscheiden. Dann sagte er, daß ab sofort mein Tagessold verdoppelt sei. Zudem würde mir meine Anzahlung, die bisher mit dem Honorar verrechnet worden war, erstmals als Prämie gutgeschrieben. Gleichzeitig mit dieser Aufwertung meiner Leistung trete allerdings eine Risikoklausel für den Fall meines Versagens in Kraft. Gelinge es mir nicht, den Wagen und seine Besatzung binnen achtundvierzig Stunden aufzuspüren, verfalle mein gesamter Anspruch auf Honorar und Spesen. Auch sei in diesem Fall die schon erhaltene Prämie an die Verwaltung rückzuerstatten.
In eine knisternde Pause warf ich meinen Widerspruch, wies darauf hin, daß mir bis jetzt die Aufklärung des Angetragenen stets gelungen sei. Aber Hannsi wiederholte

unverändert nüchtern die neue Regelung. Ich fragte ihn, ob er dem einstigen Klassenkameraden und treuen Zuarbeiter nicht Besseres zu bieten habe – und seine Stimme formulierte, bis in den Wortlaut gleich, zum dritten Mal die neuen Konditionen meiner Arbeit. Für eine Weile schabte nur mein Atem durch den Hörer, dann hörte ich, wie Hannsis Text zum vierten und, während ich noch immer nicht begriff, zum fünften Mal erklang. Es war nur eine digitale Programmierung, die sich beliebig oft nachäffte, oder ein Band, das, gleichgültig gegen mich, über den Tonkopf rieb.

Ich legte auf, lehnte mich an einen Pfosten des skelettierten Häuschens, zog den Geldpacken aus meiner Jackeninnentasche und zählte die Scheine durch. Ich hatte nicht einmal ein Zehntel der Anzahlung verbraucht, und mehr als ein ganzer Tag blieb mir, um alles, was Hannsi wissen wollte, ins Licht der Aufklärung zu zerren. Warum sollte mir nicht gelingen, was mir noch stets gelungen war? Ich blinzelte gegen die Morgensonne, die am Ende der Straße über einem plumpen, als Baudenkmal geschützten, aber verfallenden Hallenschwimmbad aus den Gründerjahren stand. Die Straße, frei bis auf die Reihen der geparkten Autos, stieg schnurgerade bis zu dem maroden Bauwerk an.

Dort oben, etwa auf halbem Weg zum Schwimmbad, traten, im Gänsemarsch, schlanke, verschieden hohe Silhouetten vom Gehsteig auf die morgenhelle Fahrbahn. Erst an der vorletzten, der kleinsten Gestalt, die etwas Blitzendes in ihrer Rechten schwang, erkannte ich die jugendliche Bande, die Räuber meiner Anzugjacke. Gewiß wäre mir die Identifikation des Kollektivs schneller gelungen, wenn es komplett, mit seinem lahmarmigen Chef, erschienen wäre, aber als zehntes Glied wurde an einem Strick ein alter Mann zwischen den parkenden Autos hervorgerissen. Über das Kopfsteinpflaster taumelnd, schien das Kerlchen doch auf eine somnambule Weise seines Schrittes sicher. Ich weiß, wie selten Sucko-Säufer stürzen. Gerade wenn sie schwerbetrunken schwanken, zeigen die Bewegungen ihrer Glieder eine märchenhafte Harmonie. Die Bande blieb, über die ganze Fahrbahnbreite verteilt, links unterhalb der Sonne stehen.

Der Kleine löste den Strick, er war, soweit ich sehen konnte, am Gürtel des Gefangenen festgebunden, dann stieß er den Entfesselten zum nächsten Bandenmitglied hin. Der Alte machte ein paar Schritte vorwärts, zwei quaderförmig plumpe Taschen hielt er sich vom Leib, als könnte ihm das helfen, die Balance zu wahren. Schon packte man ihn wieder an der Brust, um ihn mit Kraft zum übernächsten wegzustoßen. Wie ein Ball mußte der Taschenschlepper an das Ende ihrer Reihe wandern. Der letzte drehte ihn um die eigene Achse, gab ihm besonderen Schwung, das Männlein rannte tippelnd den ganzen Weg zurück und fiel, ohne die Henkel der Taschen loszulassen, vor dem Däumling der Bande auf die Knie.

Das Hämmerchen, das mich erst tags zuvor, vor meiner Nase pendelnd, in Schach gehalten hatte, der zierliche

Schusterhammer, vielleicht ein knappes Kilo schwer, war hier in der Totale, gegen die alles Schmale wegblendende Sonne, nur mehr zu erahnen. Allein mein Vorwissen, meine fast hautnahe Bekanntschaft mit ihm, ließ ihn mich recht bestimmen, als er in hohem Bogen, effektvoll funkelnd, über den Kopf des Schlagenden geführt, den Schädel des knienden Mannes traf.

Der Abmarsch der Bande führte alle neun so dicht an mir vorbei, daß ich die Ziffern auf ihren Jackenrücken lesen konnte. Ihr Jüngster trug nicht, wie ich zu sehen gehofft hatte, die mir abgepreßte Anzugjacke, sondern ein knappes T-Shirt, ein armseliges Hemdchen, und fror ganz offensichtlich arg darin. Im Laufen griff er sich über Kreuz auf seine Oberarme und rieb mit flachen Händen auf der käsigweißen Haut. Es war ihm wohl verboten, das Beutesakko als Ersatz für sein an mich gefallenes Jäckchen zu benutzen. Er tat mir leid. Bertini kam mir in den Sinn, der mir versprochen hatte, sich um eine Lösegeldvereinbarung zu kümmern. Ich nahm mir vor, egal, wieviel ich würde zahlen müssen, die Rückgabe der Jacke mit der aufgenähten Zwei an dieses tüchtige Bürschchen in den Handel einzubauen. Aber vielleicht lag das Oberteil meines Anzugs längst in Bettinas Bar, von Meister Bertini mit vorgestrecktem Geld zurückerworben? Am Ende der Straße, direkt vor dem aus allen Diensten entlassenen Hallenbad, sah ich die pilzförmige Säule eines Taxistands und auch das Heck eines wartenden Wagens. Ein Abstecher zu Bettinas Bar bedeutete kaum einen Zeitverlust, an Fahrtspesen zu

sparen ist nicht meine Art, und die Vorstellung, mein Arbeitssakko wiederzugewinnen, beflügelte mich wunderbar.
Der kurze Marsch die Straße hinauf führte mich an dem Geschlagenen vorüber. Das Männchen hatte sich schon wieder aufgerappelt. Es stützte sich mit einem Ellenbogen auf eine große schmutzigweiße Kühltasche und tupfte sich mit einem Taschentuch das Blut vom kahlen Schädel. Die zweite Tasche war umgekippt und aufgegangen, und eine der herausgerollten Flaschen war zerbrochen. Der Duft von Sucko bleibt dem, der es ungezählte Tage und Nächte als Lebenselixier genossen hat, auch für den trockenen Rest des Daseins unverkennbar. Nur wer es nie in seinen Adern schieben und stocken fühlte, könnte den süßlichen Geruch mit dem Aroma Vanillins, mit dem Duft frisch aufgekochten Vanillepuddings verwechseln.
Das Blut in der Platzwunde des Alten gerann anscheinend schon, zumindest tropfte es ihm nicht mehr aus den Augenbrauen ins Gesicht, das er, als ich an ihm vorbeiging, zur Sonne drehte. Der Suckosüchtling blickt, von seltenen Ausnahmen abgesehen, wenn er genug bekommen hat, gleichbleibend freundlich in die Welt. Selbst wenn er maßlos trinkt, schafft es sein Organismus, den Stoff so zu ventilieren, daß Apathie und vage Heiterkeit das sichere Fundament seines Ausdrucks werden. Es soll auch unter Führungskräften in der freien Wirtschaft und selbst in Spitzenpositionen bei der Polizei ganz ausgebuffte Suckoschädel geben.

Erst als ich schon im Fond des Taxis saß, die Hände über dem Papier der Materialtüte gefaltet, erfaßte ich, daß das Henkeltaschenmännlein Hellas Gatte gewesen war. Natürlich hätte ich ihn bereits vor Ort erkennen können, aber nichts hatte mich gezwungen, ihn, so wie er auf der Straße hockte, mit mehr als seinem Suckosäufertum in eins zu bringen. Dies hieß, wenn mir die Einzelheiten recht zusammenschossen, daß Hella mutterseelenallein das Opfer jener Explosion geworden war, die ich ganz automatisch dem Hantieren ihres Gatten mit seinen Dampfdrucktöpfen zugeschrieben hatte. Mir schien es müßig, nach einem letzten Reim auf Hellas Unglücksfall zu suchen, aber ich hätte gern gewußt, ob mir ihr Tee und ihre Schwatzsucht auch für spätere Aufträge zur Verfügung stünden. Falls sie am Leben war, wollte ich Kurti, mit einem Blumenstrauß versehen, zu ihr in die Klinik schicken.

Während ich so an meinen Freund und an den Zauber seiner schönen Augen dachte, entdeckte ich ihn schon, über die Schnauze des ans Ziel gekommenen Taxis hinweg, leibhaftig auf der Straße. Er schleppte einen Pappkarton die schräggestellte Laderampe eines Lkws hinauf. Der Wagen, ein mächtiger Möbeltransporter älterer Bauart, war bereits bis an die Vorderkante mit Kisten vollgepackt, und Kurti mühte sich, eine Lücke für seine Last zu finden. Ganz offensichtlich war das Ungetüm hier vorgefahren, um sich Bertinis Zeug einzuverleiben, und in Ermangelung einer anderen Hilfskraft hatte man meinen Freund kurzerhand wieder in Anstellung genommen. Sein Herr und Meister stand in der offenen Tür, und Kurti rief mir die gute Botschaft zu, Bertini habe Kontakt mit den Dieben meiner Jacke aufgenommen.

Dunkelheit herrschte in Bettinas Bar. Daß sie fast restlos leergeräumt war, ließ sich nur vermuten. Die Vorhänge hatte man abgenommen, das wenige Licht kam, die Wände nicht erreichend, von den Standlichtbirnchen des alten Motorrads. Zu ihm eilte Bertini hin und zog ein Blatt Papier aus dem Bauch des Beiwagens. Darauf war übertrieben groß, mit dicken, unbeholfen schiefgestellten Ziffern, nichts weiter als eine Zahl gemalt. Dies sei, erfuhr ich, der Rückkaufpreis für meine Jacke. Mit diesem Zettel als Ausweis könne ich mich direkt an die Bande wenden, die bei gutem Wetter jeden Nachmittag am Kanal zu finden sei. Noch heute muß ich den verlangten Betrag, obschon es für dergleichen Forderungen keinen moralischen Maßstab geben kann, unverschämt nennen. Der Preis war so hoch, daß er meine gesamte Barschaft, den reichlichen Rest der Anzahlung, knapp, aber eindeutig überstieg. Die Bande hatte offenbar, von sicherem Instinkt geleitet, den Wert, den meine Anzugjacke für mich hatte, in die erpresserische Rechnung einbezogen.

Bertini wechselte, da mein Entsetzen über die Grenzen meiner Zahlungsfähigkeit keinerlei Ausdruck fand, das Thema und bat mich, ihm zu helfen. Sein Umzug, überraschend notwendig geworden, wäre perfekt, wenn er jetzt einen Mann zur Stelle hätte, der das Motorrad hinter dem Möbelwagen her zur neuen Werkstatt fahren könne. Durch eine angeborene Augenschwäche, durch eine Hornhautverkrümmung, die zu Verzerrungen der Tiefenperspektive führe, sei er selbst leider daran gehindert. Kurti lenke den Möbelwagen und habe ihm verraten, daß ich einst passionierter Fahrer von Zwei- und Mehrrädern gewesen sei. Ich stimmte mit einem zögerlichen Nicken zu, vermutlich verführte mich der Gedanke, mir nach dem Überstehen der Tour vom Künstler das Geld, das mir zum Rückkauf meiner Jacke fehlte, auszuleihen. Ich ließ mich in den schalenartig tiefen Gummisattel des Kriegsmotorrads fallen und prüfte, umständlich langsam, Kupplung, Bremsen, Gas und Schaltung. Bereits während ich so das Anlassen hinausschob, war ich vom Nacken bis zum Gürtel mit kalten Schweißtröpfchen beperlt.

Der Neurochirurg und Physiotherapeut, von dem mir nach meinem Unfall zu einem wieder leidlich passenden Nervenkostüm verholfen worden war, hatte mich immerfort ermutigt, von neuem Fahrzeuge zu steuern. Auf einem dreirädrigen, dickreifigen Fahrrad kurvte ich im Hof des Krankenhauses Kreise auf den Kies, lenkte später – ein Pfleger spielte den Kopiloten – einen Elektrokarren mit mächtigen Gummipuffern über den Verkehrsübungsplatz des Klinikums. Und täglich wurde der Erfolg der Freiluftübungen an einem Videosimulator, der auf die Bedienung von Lenkrad, Knüppel und Pedalen mit einem adäquaten Windschutzscheibenbild zu reagieren wußte, vertieft und elektronisch ausgewertet.

Das alles half mir jetzt, wo ich die große Kriegsmaschine fahren sollte, nichts. Ich schaltete die Zündung ein und trat den Anlasser nach unten. Der schwere Zweizylinderboxer, um Jahrzehnte älter als ich, sein Reiter, sprang ohne Verzögerung in seinen Takt, mir schlugen in einem jähen Krampf die Zähne aufeinander. Ölige Schlieren, der schlecht verbrannte Leerlaufausstoß, belegten meinen Gaumen und trieben mir Tränen in die Augen. Im aufgeflammten Licht des Scheinwerfers sah ich das leere Tanzparkett, die kahlen Thekenregale und die Tür der Bar. Nirgends war eine Menschenseele. Nur ich hörte das Tuckern des Motorrads. Bertini, der Meister der Selbst- und Fremdgestaltung, hatte mich – ich guckte es der mattblinkenden Klinke ab – in seiner ehemaligen Werkstatt eingeschlossen.
Als sich die Auspuffgase senkten, als ich, von einem Hustenanfall durchgeschüttelt, vergeblich an der Tür gerüttelt und mit der flachen Hand gegen ihr Blatt geschlagen hatte, war ich doch sehr erleichtert, fast erlöst, weil ich das ungetüme Dreirad nun doch nicht durch die Straßen steuern mußte. Jedoch der Zweck meiner Gefangensetzung, die Wurzel von Bertinis Tücke, blieb mir unergründlich, ich konnte seine aufwendige List mit keiner Absicht in Verbindung bringen. Glücklich entlastet von der eingegangenen Verpflichtung, war ich dem Künstler auch nicht weiter gram, statt dessen schlich sich ein Groll gegen Freund Kurti in meine gute Laune. Mir dämmerte, was ich ihm vorwarf. Er hatte unsere Freundschaft unter die Zwänge des Geldverdienens

gestellt. Aus Hundstreue dem Brötchengeber gegenüber hatte mich Kurti, einfach so, verraten.
Ich lief ein wenig auf und ab, um nicht in Grübeleien zu verfallen. Einst hatte ich diesen Raum in einem weicheren Licht gesehen, ich kannte seine Theke mit Barhockern bestückt, auf denen sich die Rücken der Suckotrinker enggereiht nach vorne krümmten. Damals stand mitten auf der Tanzfläche ein bauchiger Gastronomie-Kühlschrank, das ununterbrochene Summen seines Aggregats klang wie Musik für uns, wir nahmen es als Garantie für Frische, Dicke und Süße der Substanz, die den Alkohol wie keine andere verstärkt. Wir holten unsere Halb- oder Viertelliterflaschen aus dunklem Glas – Sucko ist lichtempfindlich – beim Chef an einem Tischchen vor dem Kühlschrank. Nur für das Sucko mußte man bezahlen. Jeder konnte sich an der Bar die dann noch nötigen alkoholischen Getränke nach Belieben mischen und erwärmen lassen.
Ich hatte in jenen Tagen längst meine endgültige Mixtur gefunden: Ich nahm als Basis einen tschechischen Magenbitter, den ich mit der doppelten Menge eines erhitzten Pfefferminzlikörs verquirlte. Das Longdrinkglas war dann dreiviertelvoll, fühlte sich heiß an und kühlte etwas ab, während ich den grauen Klumpen Suckosirup mit einem langstieligen Löffel unterrührte. Noch jetzt, nach Jahren arbeitsreicher Abstinenz, wußte ich die Plätze, auf denen meine beiden Flaschen, der flachbauchige Magenbitter und der Likör, in den Regalen gestanden hatten.

In jener schönen langen Zeit, die weder Schicksalsschläge noch Glücksfälle in Stücke gerissen hatten, in jenem Kontinuum, als diese Bar Küche und Tankstation für gutes, frisches Sucko gewesen war, hatte es nur die Vordertür als Eingang in das illegale Etablissement gegeben. Der feuerpolizeilich vorgeschriebene Notausgang des einstigen Nachtlokals war damals schon genauso mit dicken Betonsteinen vermauert wie die Fenster, die nur zu einem lästigen Ausblick auf Straße oder Hof gezwungen hätten. Ich konnte mich vage an einen Entlüftungsventilator über der Vordertür erinnern und fand ihn wieder, aber das Licht des Motorrads war stark genug, um mir zu zeigen, daß die Öffnung zu schmal für einen Männeroberkörper war. Ich will nicht spekulieren, ob ich dennoch eine Ausbruchsmöglichkeit gefunden hätte, vielleicht wäre mir wirklich etwas eingefallen, eventuell wäre auch eher meinen Händen als meinem Kopf einer der rabiaten Geniestreiche entsprungen, mit denen die Helden vieler Geschichten in höchster Not die Knoten zerhauen.

Ich mußte nichts zerhauen. Es war nicht nötig, auf Tür oder Wände loszustürmen, denn mein Gefängnis ging von außen auf. Eines der Fenster, neben der Theke noch als flache Wandnische erkennbar, knirschte wie das Gebiß eines überdimensionierten Schädels. Mit einem Hechtsprung, den ich rückblickend meinem Reaktionsvermögen kaum zugestehen mag, tauchte ich hinter das Motorrad, wälzte mich unter den Beiwagen, als erste Steinsplitter und Mörtelbrocken sein Blech betrommelten und schrammend überflogen.

Mit einem Krachen, das dem Knall einer Explosion nicht nachstand, zerbarst die Fensterfüllung, und Stücke, kopfgroß und größer, polterten gegen die mich schützende Maschine. Im Sonnenlicht, das in staubsatten Bahnen zum ersten Mal seit vielen Jahren Bettinas Bar durchfloß, erkannte ich, durch die Speichen des Vorderrades blinzelnd, im Fensterloch das glänzende Gestänge und die Hydraulikkolben eines modernen Apparats. Es war die Vorderfront der Druckmaschine, mit der die technischen Spezialisten unserer Polizei, Meister der Sprengkunst mit Chemie wie mit Mechanik, das Fensterkreuz samt der Vermauerung zu mir hereingebrochen hatten.

# 10

Die Sucko-Dezernate wurden aus der alteingesessenen Drogenbekämpfung ausgegliedert, als eine erste Mißbrauchswelle den Stoff bis an den Stadtrand meiner Jugendjahre spülte. Schon bald darauf, zeitgleich mit der ersten Anti-Sucko-Kampagne, wurden die jungen Behörden finanziell und personell erheblich besser ausgestattet. Unmittelbar nach dem Verpuffen eines zweiten Werbefeldzugs mit Fernsehspots und Großplakaten lag in der Luft, unsere Regierung wolle das Verbot durch ein staatliches Suckomonopol ersetzen, den Stoff zu einem Dumpingpreis und in garantierter Reinheit über die Apotheken unter die Leute bringen und so die zigtausend illegalen Suckoküchen ruinieren; statt dessen aber kam das legendäre Alkoholverstärkergenußverbotsgesetz, das den sich weiter aufblähenden Dezernaten ganz neue Möglichkeiten an die Hand gab, gegen Verbraucher und Köche loszuschlagen. Seitdem hat sich nicht viel geändert. Der Terror unserer Suckofahnder beißt sich die Zähne stumpf am Fatalismus unserer Suckosäufer, das hochorganisierte Aufgebot aus Spezialisten und modernstem Gerät verrennt sich im schachtelhalmprimitiven Dickicht des sich bewußtlos fortpflanzenden freien schwarzen Marktes.

Die beiden Herren, die nach dem Aufsprengen des Fensters über eine hereingeklappte Aluminiumtreppe Bettinas Bar betraten, trugen das sportliche Zivil, das Fahnder des gehobenen Dienstes von ihrem meist in grüne Kampfanzüge verpackten Fußvolk unterscheidbar macht. Den Kleineren, der seinem wuchtigen Kollegen, die Nase fast auf dessen Schulter, folgte, erkannte ich: Es war Drahtbürsten-Berthold, der schon zu meiner Zeit ein bei den Suckosäufern nicht unbeliebter Greifer war, weil er die, die er verhaftet hatte, grundsätzlich nie mit Besserungsvorschlägen quälte. Dort, wo die Standbeine des Kühlschranks Rostflecken auf der Tanzfläche hinterlassen hatten, wurde den Einsatzleitern nun von ihren dienstbaren Geistern mit Klappstühlen und einem Campingtisch ein Arbeitsplätzchen eingerichtet. Der Massige ließ sich gleich nieder und öffnete einen Aktenkoffer, aus dessen Deckelinneren ein Bildschirm glänzte.

Drahtbürsten-Berthold dirigierte gutgelaunt die Kampfanzügler, die Bettinas Bar mit Batteriescheinwerfern auszuleuchten und auf Video zu bannen hatten. Ich war, um keinen falschen Eindruck zu erwecken, aufgestanden. Aber in raffinierter Ignoranz ließ man mich lange unbehelligt am Motorrad stehen, das einer der Grünen aus verschiedenen Perspektiven aufnahm, ohne die Linse ein einziges Mal auf mich zu richten. In freundlichem, fast kumpelhaftem Ton, mich duzend und sich sogar an meinen Nachnamen erinnernd, hieß Drahtbürsten-Berthold mich schließlich an ihr Tischchen kommen. Ich setzte mich zu ihnen auf einen dritten Klappstuhl, und wie in alten Zeiten holte er die Bürste aus der Gesäßtasche, fuhr sich durch sein dichtes, inzwischen graumeliertes Haar und forderte mich auf, meine Geschichte nach bestem Wissen und Gewissen zu erzählen. Dabei solle mir nicht die Kehle trocken werden, ein guter Tropfen sei zur Hand.

Er griff in den Computerkoffer seines Kollegen und stellte mir ein Fläschchen Kirschlikör, ein schlankes Glas und eine Schraubampulle des legendären Instantsucko hin. Diesen zartrosafarbenen und honigzähen Stoff vermochte in all den Jahren keine unserer illegalen Sucko-Klitschen zu destillieren. Allein der Forschungsabteilung des Bundessuckodezernats hier in der Hauptstadt war es gelungen, ein Konzentrat zu brauen, von dem es heißt, daß es auch ungekühlt längere Zeit – manche behaupten, wochenlang – aufbewahrt werden kann, ohne schlecht zu werden oder seine Wirkkraft einzubüßen. Ich goß das Glas halb voll, gab dann etwa ein Zehntel Instantsucko zu und staunte, wie sich der rosa Schleim unter heftiger Bläschenbildung mit dem Likör vermischte.

Seit meinem Unfall, seit meinem Aufenthalt im Krankenhaus, seit meiner mentalen Rehabilitierung hatte ich nichts mehr mit der Polizei zu tun gehabt. Dennoch fand ich mit traumhafter Selbstverständlichkeit in jene Art des Monologs zurück, die für den Fall einer Vernehmung die einzig sinnvolle, weil ganz und gar würdelose Form der Rede ist. Ich sprach zuerst von meiner Kindheit, ich reihte Resterinnerungen, aufgeschnappte Anekdoten und Szenen aus Familien-Fernsehserien aneinander, putzte den einen oder anderen Handlungsfetzen heraus, indem ich irgend etwas ausufernd umständlich beschrieb. Lange verweilte ich bei einem roten Tretroller, den ich mein erstes Fahrzeug nannte und den ich mir aus Kurtis Kindheitsinventar entlieh. Sein Rot schien mir für eine schwülstig ausgesponnene Schwärmerei geeignet. Dann sprang ich ohne Übergang in meine Pubertät, ritt auf Aspekten der jugendlichen Onanie und der darein verschlungenen Zukunftsangst herum. Mit einer kleinen Gruselgeschichte aus meinem letzten Schuljahr, in die ich eine Szene aus einem alten Spielfilm transplantierte, gelang mir klappernd, doch mit Schwung, die Kurve in mein Sucko-Säufertum. Über zwei lange Therapien und eine kurze Haftstrafe war schließlich ohne Eile, aber auch ohne allzu gekünstelte Verzögerung der Unfall erreicht, dem ich Berufsunfähigkeit und Sucko-Abstinenz verdankte.

Drahtbürsten-Berthold nickte freundlich, sein massiger Kollege fummelte auf der Tastatur des Köfferchencomputers, las, schnaubend und unverständlich murmelnd, etwas vom Bildschirm ab. Zum zweiten Mal holte Berthold sein Utensil hervor, fuhr jetzt mit sichtbar übertriebenem Druck über sein Schädeldach, schlug dann, die Hand hinter dem Kopf hervorschnellend, das unberührte Suckoglas vom Tisch, preßte mir kurz die stählernen Borsten auf die Hand, riß sie kratzend weg und fauchte, viel Speichel stäubend, ich sei die letzte miese impotente Sucko-Sau, er lasse mich, an Schwanz und Hoden aufgehängt, von dieser Decke baumeln, wenn ich nicht sofort eingestehe, was ich hier in Bettinas Bar getrieben hätte.

Völlig falsch wäre es gewesen, an dieser Stelle der Vernehmung in Gelächter auszubrechen oder in Schmollen zu verfallen. Ich tat das einzig Richtige, ich fiel erneut in meinen Schicksalsmonolog. Der rote Tretroller, der mir beim ersten Durchgang meines Lebenslaufs so überraschend gut ins Bild gefahren war, wurde noch einmal vorgeführt. In einem wunderbar blödsinnigen Kurzschluß, quasi psychohistorisch, mutierte mir das Kinderfahrzeug zum Kriegsdreirad, wie es in meinem Rücken stand. Dazu verheizte ich Bertini und alles, was ich von ihm wußte, ließ nur Freund Kurti aus dem Spiel, erklärte mich selbst zum Künstlergehilfen und rätselte, Haare raufend, warum Bertini mich hier in der Bar zurückgelassen habe.

Das alles strengte mich nicht wenig an. Als ich in einer Redepause trockenkehlig Atem holte, hob der fette Fahnder die rechte Hand aus seinem Köfferchen und winkte zwei Grüne heran, um mich zu filzen. Die beiden zogen, bevor sie sich an mir zu schaffen machten, Handschuhe aus Latex über, dann mußte ich mir als erstes die Materialtüte aus den Fingern nehmen lassen. Die Tüte und der Inhalt meiner Taschen wurden den Anführern vorgelegt, die flüchtig die Seiten meines Comics und des Betriebshandbuches wendeten, wobei mich Berthold beiläufig einen verkommenen Lumpensammler nannte.

Der Massige, der, majestätisch schweigend, weiterhin den Leiter dieses Einsatzes mimte, schob schließlich meine Habe vor den Kollegen hin, der alles, jedes Stück mit Fingerspitzen fassend, in die Tüte warf. Mir war der Abscheu, den er zelebrierte, vor allem Ausdruck seiner Dummheit, und auch der Dicke, der mit säuerlicher Miene den Computerkoffer schloß, bewies durch seinen Hochmut nur, daß alle langgeschulten und gut bezahlten Spezialisten irgendwann von jenem Verschleiß der Wahrnehmung befallen werden, der mit Berufsblindheit allzu beschönigend umschrieben ist.
Ich war noch nicht sehr weit die Straße langgegangen, als ihre Autos, zwei helle Limousinen und ein genausowenig als Polizeifahrzeug erkennbarer Transporter, an mir vorüberjagten. Ich lehnte mich an ein Verkehrszeichen und öffnete meine Tüte, um Geld und Ausweiskärtchen wieder in den Hosentaschen zu verstauen. Aber das erste, was meine Hand ertastete, war ein gerippter Stiel. Verspätet wurde mir klar, daß meine Materialtüte, seit man sie mir zurückgegeben hatte, schwerer wog, als hätte sich ihr Inhalt mit den Schmähungen der Polizisten vollgesogen. Ganz obenauf fand ich die materielle Ursache hierfür: Ich hielt ein Ding aus Eisen, Leder und Gummi in den Händen, das man trotz seiner primitiven Machart zu den modernen Waffen zählen muß.
Als Junge hatte ich mit einer harmloseren Variante dieser Schleudern recht zielgenau geschossen und einmal sogar eine Taube tödlich am Köpfchen verwundet. Nun

war mir aber eine große Zwille, die mit poliertem Stahlgriff und nagelneuen knallroten Vierkantgummis protzte, in meine Papiertüte geraten, und diese Exemplare sind, in meinen Kreisen, aus einem ganz besonderen Grund unter dem Namen Glücksküßchen bekannt.

# 11

Die Morgengabe, das unerwartete Geschenk der beiden womöglich doch nicht restlos ignoranten Fahnder, war mir ein gutes Omen, und ermutigt lenkte ich meinen Schritt zu Ilbichs Gebrauchttextfundus. Denn jetzt am Vormittag des letzten, wenn auch noch volle vierundzwanzig Stunden langen Arbeitstages brauchte ich eine zweite Dosis Material, um meinen stockenden Geist durch frische Text- und Bildkanäle wieder in Richtung Auftrag fließen zu lassen. Noch nie war ich aus vormittäglich heller Straße in das künstliche Licht des Parkhausdecks getreten, zum ersten Mal stand ich als einziger Besucher in der weiten, niedrigen Etage. Obgleich Kunde seit Jahren, machte mich dieses einsame Erscheinen vor der Masse des Stoffs und vor dessen Hütern ein klein wenig verlegen.

Die Ilbichs saßen an ihrem Kassentisch, der von einem großen, bunten Faltblatt, offenbar von einer Karte, fast vollständig bedeckt war. Auf einem frei gebliebenen Streifen am Rand des Tisches hantierte Arnold an einem seltsamen Maschinchen. In einem eisernen Dreifuß war eine Gaskartusche festgeklemmt, und schillernde Flammenbänder schlugen über den Aluminiumboden eines kolbenförmigen Kochers. Arnold Ilbich verstärkte das

Feuer, indem er an einem Messingrädchen drehte, fast sah es aus, als wollte er den Startschub einer Tischrakete regulieren. Sein Bruder Lionel fragte, ob ich in aller Herrgottsfrühe noch oder bereits wieder an der Arbeit sei und ob ich zu meiner Stärkung mit ihnen Mokka trinken wolle.

Ich setzte mich und sagte, daß mir die russische Bildgeschichte und die Gebrauchsanleitung für den Janus-Lieferwagen nicht weit genug vorangeholfen hätten. Lionel antwortete über das große, bunte Blatt hinweg – nun konnte ich erkennen, daß es ein Stadtplan war –, ich sei doch eigentlich ein guter Material-Verwerter. Mit wahrem Saumagen hätte ich bis jetzt alles, selbst ihre zähsten Ladenhüter, verdaut und, wie sie nur vermuten könnten, auch in Erfolge umgemünzt. Ob mir das dritte Materialstück, das Visitenkärtchen, so unbrauchbar gewesen sei, daß ich es nicht einmal einer Erwähnung würdig finde.

Schon wühlte ich mit beiden Händen in der Tüte, hielt nacheinander den Comic und die Teile der Benutzerfibel in die Höhe, blätterte beides durch, aber ein Kärtchen wollte nicht aus ihnen fallen. Ich holte auch das Glücksküßchen hervor, legte die Waffe neben die zischelnde Mokkamaschine, um den leergeräumten Papiersack umstülpen zu können. Dabei zerriß er mir.

Lionel Ilbich hob zur Beschwichtigung die großen, an den Innenseiten kindlich rosigen Hände und sagte, daß das Verschwinden des Kärtchens keinen wirklichen Verlust bedeute. Als Vorkriegsbeispiel finanzgewerb-

licher Reklame sei es gleich zehnfach in den Fundus eingegangen. Er wolle mir sofort ein neues holen. Inzwischen war der Mokka fertig. Aus einem Messinghähnchen zapfte mir Arnold ein Täßchen voll und stellte es, meine mächtige Zwille vorsichtig umschiffend, vor mich hin.
Ich trinke nie Kaffee. Und wenn ich bis zum Hals in einem Auftrag stecke, leide ich an einem starken Widerwillen gegen fast alle Speisen und Getränke. Diese Abneigung macht leider nicht an meiner Körpergrenze halt. Sie steigert sich sofort zum Ekel, wenn sich vor meinen Augen andere irgend etwas mit unverhohlenem Genießen einverleiben. Ein bloßes Schlürfen oder Schmatzen kann dazu führen, daß ich mit einem Würgen kämpfe. Arnold schenkte sich selber ein und stellte eine bis an den Rand gefüllte Tasse an den verwaisten Platz des Bruders.
Dann beugte er sich weit über den Stadtplan, um mir etwas zu zeigen. Es handle sich um eine Fliegerkarte, wie sie im letzten großen Krieg vom Feind verwendet worden sei, um das Luftwaffenpersonal für den Anflug auf unsere Hauptstadt und für deren Bombardierung zu schulen. Die Karte verlasse sich in rührend antiquierter Weise, fast kindisch konsequent, auf Augenschau, auf Anschaulichkeit im sinnlich primitiven Sinne. Mit ihrer Hilfe sollten die von der angegriffenen Seite als Terrorflieger verleumdeten Piloten klar umrissene Ziele, manchmal einzelne Gebäude, im Häusermeer der Stadt erkennen, um sie zu vernichten.

Ohne besonderes Interesse legte ich meinen rechten Zeigefinger auf die Karte, die Fingerkuppe rutschte über unbenannte Straßen bis an den Rand meines Bezirks, verfolgte den Kanal, wo ich in Kürze meine Anzugjacke zurückerwerben wollte, fand wenig weiter ein wirklich hübsch gemaltes, bestimmt auch aus realer Vogelperspektive unverwechselbares, von einer eiförmigen Kuppel gekröntes Bauwerk. Es war das monumentale Hallenbad, dem ich mich erst an diesem Morgen achtlos genähert hatte, um vor seinem Eingang ein Taxi zu besteigen. Soweit ich wußte, war es als Badeanstalt stillgelegt und frei von anderer Nutzung. Arnold Ilbich hatte meinen Fingerweg verfolgt, die Karte war, da sie ohne Beschriftung auskam, von jeder Seite gleich gut zu lesen. Er zwinkerte mir zu und sagte, in ein Flüstern fallend, als verriete er mir ein Geheimnis, seine und seines Bruders Materialgruft, das Parkhaus, in dem wir drei jetzt Mokka trinkend säßen, sei, zwei Jahrzehnte nach einem gut gelenkten Luftangriff, auf einer Bombenlücke hochgezogen worden.

Er lächelte fast knabenhaft verschmitzt, und sein sehr langer, stark gekrümmter Zeigefingernagel umkreiste schabend die Stelle, die er meinte. Der Vorgänger des schlichten Parkhauses war ein wahrhaft prunkvolles Haus gewesen. Aus einer nur durchschnittlich großen, quadratischen Parzelle drängte es wuchtig empor, und Galerien plumper Säulen schienen es dabei wie ein Korsett zu stützen. Außer dem Turmbau und dem Hallenbad waren in meiner Gegend nur noch die Brücken über

den Kanal dreidimensional gezeichnet und damit als zerstörenswert empfohlen.
Da flog das Kärtchen auf den Stadtplan. Lionel Ilbich war auf leisen Sohlen zurück an den Tisch gekommen. Während er seinen Mokka schlürfte, erzählte er mir, wie sie durch einen schönen Zufall auf Material gestoßen seien, das erwiesenermaßen dem Haus entstamme, an dessen Stelle jetzt das Parkhaus stehe. Zum zweiten Mal wurde mir auf dem Stadtplan gezeigt, wo der stolze Turm als putzige Miniatur weiterexistieren durfte. Das Bauwerk habe vor dem Krieg unter anderem einer Privatbank, einem Immobilienmakler, einem Pfandleihhaus und einem Edelstein- und Schmuckgroßhandel Raum geboten. Alle Geschäftsinhaber seien blutsverwandt gewesen: zweieiige Zwillingsbrüder und deren drei Neffen, die Söhne einer früh verstorbenen älteren Schwester. Die habe als junge Witwe mit den erst halbwüchsigen Brüdern und ihren kleinen Kindern den Sprung aus einer Kleinstadt des ungarisch-rumänischen Grenzgebiets in die sich damals zur Metropole aufplusternde deutsche Hauptstadt gewagt.
Hier seien die unter den Fittichen einer patenten Frau herangewachsenen Männer erfolgreiche Geschäftsleute und eingefleischte, ja fanatische Junggesellen geworden. Das Leihhaus des einen Zwillings habe mit diesen Kärtchen Kundenfang betrieben:

ROSENMUND HITZIK jun.
Gold, Schmuck, Münzen & Blitzkredite
Beleihung; Kommissionsverkauf; Versteigerungen;
Motorisierter Geld-Kurierdienst
Rund um die Uhr, auch sonn- und feiertags

Während mir Lionel erzählte, jenen Rosenmund Hitzik habe die wichtigste Damenzeitschrift der Vorkriegsjahre sogar zum attraktivsten Heiratskandidaten, zum ›Hagestolz des Jahres‹, gekürt, studierte ich das Werbekärtchen, das ich, vermutlich zum zweiten Mal, erhalten hatte. Die Rückseite zeigte in äußerst scharfem Druck ein Fabeltier, einen zweiköpfigen Drachen, einem geflügelten Löwen ähnlich, der eine große Münze in den Pranken hielt. Die Prägung dieses Geldstücks bildete das gleiche Vieh mit einer entsprechend kleineren Münze ab, die in banknotenfeinen Linien sogar den Umriß eines dritten Drachen sichtbar machte, bevor die Fortsetzung der Reihe an die Fantasie des Betrachters fiel. Ich ließ Emblem und Text in meinem Arbeitsschädel wirken, dumpf dämmerte mir eine erste Ahnung, aber das Mokka-Aroma und das fast dialogisch rhythmisierte Schlürfen der beiden alten Männer lenkten mich immer wieder aus der rechten Bahn. Ich brauchte einen anderen Ort, um mich für eine neue, Fortschritt zeugende Tat zu sammeln.
Als ich mein Material in die lädierte Tüte legte und mit dem Glücksküßchen beschwerte, fragte ich nach dem Preis des Kärtchens und erhielt von Lionel zur Antwort,

dies zweite Exemplar sei eine Gratisleistung ihres Hauses. Ich könne ihnen allerdings einen Gefallen tun. Es habe ihnen mein Freund Kurti zwar einen Dauerauftrag erteilt, aber den Fundus lange Zeit nicht mehr besucht. Erst gestern abend hätten sie beim Durchsehen eines Postens alter Magazine das Entsprechende gefunden und würden es am liebsten durch mich, als eine Art Kurier, Herrn Kurti zustellen lassen.
Arnold reichte mir eine Klarsichthülle, in die ein Foto, aus einer Zeitschrift ausgeschnitten, eingeschoben war. Die Großaufnahme, nicht allzu scharf, doch deutlich in allen wichtigen Details, zeigte mir Kurtis Zielpunkt, das Verrichten der einen von ihm abgöttisch geliebten Handlung. Geschwächt vom zudringlichen Dunst des Mokkas, gequält vom ungenierten Schlürfen der Münder, erfaßten mich die bauernfängerische Perspektive und das plump raffinierte Posieren der Figuren so unvermittelt tief in dem Vermögen, mich zu ekeln, daß ich, von einem Brechwürgen geschüttelt, aus dem Fundus stürmte und galligen Magensaft und Speichel in den Rinnstein spie. Hier, im Naturlicht, nannte ich die Ilbichs abgestumpfte Schweine, während ich gegen Kurti, meinen Freund, in vager und doch bauchkrampfender Wut die Faust erhob.

# 12

Die Logik eines Auftrags ist wie ein Skelett im Fleisch seines Verlaufs verborgen. Nur wenn ich mich bewege, kann ich am Muskelspiel der Handlungen ermessen, wie weit entfernt vom letzten logischen Schluß, der alles lösen und klären wird, ich noch durchs Vorfeld der Erkenntnis tapse. Ziellos, doch zügig ausschreitend, unterquerte ich erneut die Hochbahnlinie, erreichte wie am Abend zuvor die Brücke über den Kanal, bog dort, einem undeutlichen Impuls gehorchend, in die andere Richtung ab, wo sich das Ufer erst zu einem Grünstreifen und dann zu einem Park verbreitert.

Leider haben die Übervölkerung unseres Bezirks und die Neigung seiner Bewohner, möglichst große Hunde in den Wohnungen zu halten und da sogar zu züchten, den öffentlichen Grünflächen sehr geschadet. Die Wiese am Kanal war hartgetrampelt und übersät von Exkrementhaufen in unterschiedlich weit vorangeschrittener Zersetzung. Ein Stück vor mir sah ich drei rosafarbene Rüden einer kleinwüchsigen, aber besonders beißlustigen Kampfhundrasse, die sich, wohlwollend beobachtet von ihren abseits stehenden Besitzern, unter Schnüffeln, Schnappen, Hecheln paarungsähnlich besprangen. Zum Glück stieß ich im selben Augenblick auf den in einem linden Grün gestrichenen Zaun des Unfallklinikums, und statt weiter dem Kanal zu folgen, zog ich mich hoch und schwang mich auf die andere Seite, um meinen Weg im peinlich gepflegten Areal des Krankenhauskomplexes fortzusetzen.

Aus meiner eigenen Patientenzeit weiß ich, wie vielgliedrig sich die Gebäude dieser Anlage in das Gelände spreizen, wie leicht sich der Besucher trotz ausgetüftelter Markierungen verläuft. Selbst Schwestern und Ärzte sollen nach Antritt ihrer Stelle Wochen brauchen, bis sie die Piktogramme der Abteilungen und die Buchstaben- und Zahlenkürzel der Stationen einfach übersehen und, in einer Mischung aus dumpfer Hingabe und instinktivem Drang, zum richtigen Patienten finden. Ich streunte die hellen Kieswege entlang, nickte vereinzelten Kranken, die sich in Morgenmänteln in die Sonne wagten oder auf Rollstühlen im Schatten der Bäume dösten, aufmunternd oder Mitleid heuchelnd zu. Ein weißer Flachbau auf einem erst nach meiner Zeit entstandenen Hügel schien mir Besonderes zu versprechen, ich wich vom Weg ab, staunte über den makellos dichten und federnd festen Rasen, ging das Gebäude, in sein Inneres spähend, rundum ab. In großzügigen Einzelzimmern lagen schwere Fälle. Durch die Spalte gekippter Fenster drang nach draußen, daß man mit scharfen Reinigern und parfümierten Sprays versuchte, die Verfallsgerüche der Körper zu kaschieren. Ich drückte gegen die Türen, und eine gab mir schließlich nach.

Vorsichtig prüfend, wie es sich für einen ungebetenen

Gast gehört, sog ich die Luft durch Mund und Nasenlöcher. Die Zartheit des Aromas überraschte mich. Ein Rosenhauch, vielleicht verschwenderisch versprühtes Duftwasser, beruhigte meine Magennerven, die der Mokka-Dunst der Ilbichs so arg aufgestachelt hatte, schon war das pulsartige Krampfen meiner Bauchmuskeln vergangen. Ich sah mich um. Dies lichte und doch intime Krankenzimmer verhieß, daß mir der Auftrag, nach einer ersten spöttischen Versagung, nun doch den wohlverdienten Happen Fleischlichkeit zu bieten hätte, der stets, der Füllung einer Pastete ähnlich, in den Fortgang der Arbeit eingebacken ist.

Die Frau im Bett war seltsam aufgehängt; den Oberkörper, Beine und Arme hoben seidig glänzende Netze in die Höhe. Die Gliedmaßen, die Brust und auch der Kopf waren in einen luftigen Verband aus perforierter rosa Gaze wie in eine Art Kokon gehüllt. Allein der untere Rumpf war nackt und ruhte, Gesäß und Schenkelansatz breitgedrückt, das Laken spannend und die Matratze dellend, gesund im Mittelfeld des Bettes. Ich stellte meine Tüte auf das Nachtkästlein; durch den Riß im Papier lugte der Stiel des Glücksküßchens hervor.

Unsicher, wie es am besten zu besteigen sei, schlich ich zweimal, schließlich ein drittes Mal um das freistehende Bett herum. Die Tragnetze, die den oberen Teil des wuchtigen, gewiß recht schweren Leibes in der Schwebe hielten, waren mit Nylonschnüren, die über Rollen liefen, an einem Stahlgalgen befestigt. Sein Querrohr ragte vom Kopf- bis an das Fußende des Lagers. Die Liegende gab keinen Laut, ich hörte nur mein Tapsen, mein stokkendes Geschnaufe und mein Murmeln. Voll Ungeduld warf ich mir vor, daß ich noch immer nicht ersah, wie man diese Konstruktion, ohne die Netze zu zerreißen, durchklettern könnte. Aber während sich so die Tat hinausschob, genoß ich auch wie eine Form von Vorfreude die innere Sammlung, die ich, das Lager zum fünften und zum sechsten Mal umkreisend, in mir wachsen fühlte. Fast schien ich mir vollendet konzentriert, kein einziger Gedanke brach mehr aus der Spur, kein Quentchen Energie würde der Durchführung des Geplanten verlorengehen. Schließlich verstand ich, welchen Kriechweg ich vom Kopfende des Bettes nehmen mußte, konnte mir ausmalen, wie ich zwischen den Nylonseilen in Vierfüßler-Stellung wenden würde, um mich in gute Position zu bringen.

So mußte es gelingen. Ich hob ein Knie, um es aufs Bett zu schieben. Jedoch kaum rieb mein Hosenbein über das Laken, hörte ich hell und laut und überdeutlich meinen Namen rufen. Das Schlimmste war, daß ich an der Intonation des »Mühlerchen!« die Rufende sofort erkannte, daß mich zugleich mit diesem hörenden Erkennen die schauderhafte Vorstellung besprang, Hella könnte, mit unversehrten Augen durch einen Schlitz in den Verbänden spähend, mein Schleichen um ihr Krankenbett beobachtet und alles bis ins letzte Zipfelchen der Absicht begriffen haben.

Nicht selten steht ein großer Schreck einem lächerlich kleinen Irrtum auf den Schultern. Ich hätte meiner

Schmach sofort die Spitze brechen können, wenn ich die Botschaft meines Hörorgans genau beachtet hätte. Zwar war es wirklich Hellas Stimme, aber sie drang nicht aus den Verbänden der Bewegungslosen, nicht aus dem Zielpunkt meiner unvollendeten Spirale, sondern, blödsinnig leicht zu orten, vom Rand des Raums, von seiner Glasfront her. In einem roten Morgenmantel und von Sonnenhelle scharf umrissen, stand Hella an der halboffenen Tür und rief mich zu allem Überfluß ein zweites und ein drittes Mal mit Namen. Erst jetzt kam, wie ein Echo, ein zart gedämpftes Stöhnen aus dem Bett, ein Zittern ging durch die Gaze, die Mumie schien sich in ihren Netzen zu bewegen. Ich schnappte mir meine Tüte und schlüpfte durch die aufgehaltene Tür ins Freie. Hella zog mich ums Eck; sie war nur fünf Fenster weiter untergebracht. Drinnen ließ sie die Jalousien herunter und tadelte mich kurz, aber streng, daß ich so ungestüm, so unvorsichtig bei der Arbeit sei. Wir standen in einem Doppelzimmer; das zweite Bett war abgezogen. Darauf machte ich es mir bequem, während Hella mit einem Tauchsieder in einem Töpfchen Wasser für einen Tee erhitzte. Erst jetzt spürte ich, daß meine Zunge angeschwollen gegen den trockenen Gaumen drückte. Wie es im Furor des Auftrags oft geschieht, hatte ich seit Stunden nichts Flüssiges zu mir genommen. Das Sucko-Likör-Gemisch der Fahnder hatte mir mein Stolz, den Mokka der Archivare hatte mir mein Ekel verboten anzurühren.

Hella hängte einen grüngefüllten Beutel in das aufsprudelnde Wasser und rühmte meine Spürnase, die mich so nahe an ihr Zimmer geleitet habe. Seit sie am Morgen aus einem von Schmerz- und Beruhigungsmitteln wie in Beton gegossenen Schlaf zu sich gekommen sei, habe sie ständig mit meinem Eintreffen gerechnet. Denn kurz bevor hinten in ihrer Küche ein Brandsatz hochgegangen sei, bevor ihr die Regale des Ladens um die Ohren geflogen seien, habe man noch ein Brieflein für mich abgegeben. All ihre Papiere seien nun allerdings vom Feuer aufgefressen, und jenes Schreiben an mich habe, unter einem Stapel Fernsehmagazinen deponiert, gewiß das gleiche Schicksal erlitten. So sei es doch ein Glück, daß sie in einer neugierigen Regung den Brief, es habe sich bloß um ein einziges Blatt gehandelt, geöffnet und sich angesehen habe.

Sie füllte mir den Tee, es war ein starker Pfefferminzaufguß, in eine Schnabeltasse und gab aus einem Plastikspender drei Süßstoffdragees zu. Ich hielt den Pott in beiden Händen, ganz langsam drang die Hitze durch das dicke Porzellan, vorsichtig blies ich in den Schnabel, bändigte mühsam den Wunsch, sofort daraus zu schlürfen. Hella nahm aus der Schublade ihres Nachtkästleins einen karierten Block und einen Bleistiftstummel. Soweit ihre künstlerischen Fähigkeiten reichten, wolle sie nun eine Nachbildung versuchen. Es seien nur eine Strichzeichnung und eine Handvoll Buchstaben auf dem Papier gewesen. Hella malte zwei wackelige Kreise, die sie durch eine Querlinie verband, dann zog sie über diese Kritzelei einen hochgewölbten, links eingebeulten

Bogen. Aus dem damit umrissenen Feld grenzte sie vom Rand her zwei windschiefe Vierecke aus, von denen sie das untere durch einen kleinen Haken als Tür mit Klinke kenntlich machte.

Der weiteren Einzelheiten, der warzigen Sirene und der plumpen Stoßfänger, hätte es gar nicht mehr bedurft. In Schlückchen schlürfte ich den heißen, köstlich übersüßten Tee. Wie eine inwendige Zärtlichkeit gab er mir solchen Auftrieb, daß ich Hella das Blatt, soeben hatte sie ihr Bild vollendet, aus den Händen riß, um auch das einzige Wort zu entziffern. Fünf Buchstaben waren auf den Bauch des kindlich gelungenen Lieferwagens gemalt. Untereinander standen H und I und T und Z, dem I war an die rechte Seite noch ein K gestellt. Zuerst las ich nur senkrecht HITZ, dann waagerecht IK, und schließlich setzte ich, der Logik der simplen Grafik folgend, beides zum Namen ›Hitzik‹ aneinander.

# 13

Als ich Hellas Zimmer verließ, blendete mich das Mittagslicht; der Krankenhauskomplex war weiß und ohne Schatten. Ich drehte mich noch einmal um, zum Abschied winkend stand Hella in der Tür, ihr Morgenmantel klaffte auf, ich konnte sehen, daß ihre Oberschenkel und ihr Rumpf, ohne einen Streifen Haut zu zeigen, mit Binden umwickelt waren. Ich hatte mich schon wieder abgewandt, da wurde mir bewußt, daß sie auch um die Stirn verbunden war und sich ein großes, mullverstärktes Pflaster auf ihrer linken Wange beim Sprechen hin und her geschoben hatte. Das alles war mir während unserer Unterredung an den Rand der Wahrnehmung gerutscht. Mich nach den erlittenen Verletzungen zu erkundigen hatte ich ebenso versäumt, wie ihr zu berichten, was ihrem Mann vor meinen Augen zugestoßen war.

Zum Glück hatte ich nicht vergessen, sie nach dem Überbringer des Bilderbriefes zu befragen. Mit dem Erinnerungsvermögen der Kleingewerbetreibenden für ihre Laufkundschaft hatte mir Hella den Benjamin der Bande beschreiben können. Sogar das Hämmerchen, das ihm am Gürtel hing, war ihr im Gedächtnis haftengeblieben. Wie stilsicher in Form und Farbe abgestimmt stehen doch die Möbel in den Zimmern eines Auftrags zueinander! Wenn mir an einer Einzelheit die Ordnung aufgeht, bin ich in Versuchung, an einen großen Einrichter zu glauben, der Tisch und Stuhl und Couch und Sessel arrangiert und nicht zuletzt für das Fernsehgerät einen stimmigen Standort findet. Auch ich und meine Arbeit, ein Lämpchen und ihr Schein, dienen diesem Reich der zeitlos schönen Raumgestaltung. Wie häßlich hatte mir nun Hannsi die schiere Ewigkeit der Anschauung durch eine Frist beschnitten!

Kurz blieb ich stehen, um in meine Materialtüte zu greifen. Ich holte Hellas Nachzeichnung heraus und dann das Reklamekärtchen, die Gratisgabe meiner Archivare. ›Hitzik‹ stand buchstabengleich im Werbetext und auf dem Auto, in einer Art Spagat spreizte sich dieses Wort über mehr als fünf Jahrzehnte und hatte im Gegensatz zu seinen Trägern offenbar alles schadlos überstanden. Auf Namen gebe ich seit langem viel, nicht selten hat mich ein bloßer Name aus einer schlimm verfahrenen Auftragslage in eine gutgängige Spur gehebelt.

Ich nahm das Geldbündel in beide Hände, zählte erneut den Rest von Hannsis Vorschuß, vertat mich in der Vielzahl der kleinen Scheine – vielleicht weil ich wieder darüber staunte, wie verschlissen sie waren und wie gleichmäßig die rosa Farbe verschmutzte. Ich wollte die Summe noch einmal von der Lösegeldforderung für meine Jacke subtrahieren, die fehlende Differenz exakt vor Augen haben, aber ich konnte weder in meinen Hosentaschen noch in meiner Tüte den Zettel finden, den mir

Bertini als Botschaft der Bande ausgehändigt hatte. Statt dessen entdeckte ich auf dem Boden meiner Tüte das ekelhafte Foto, das ich Kurti übergeben sollte. Verärgert warf ich die Klarsichtfolie mit dem Bild über die Böschung. Ein schwacher Luftzug, der dort ging, erfaßte die Hülle und trug sie mitten auf das leicht gekräuselte, kaum strömende Kanalwasser hinaus. Am anderen Ufer lagerten die Obdachlosen, an ihren wettergegerbten Gesichtern und an den glatt herabhängenden Haaren konnte ich die Geschlechter nicht voneinander unterscheiden, und ich war froh, daß mir so Kurtis gestrige Gespielin unbestimmbar blieb.

Einer, der sich dergleichen irgendwo erliest, hat mir erzählt, daß hier an diesem Knie des Industriekanals einst die Umkleidebaracken eines Männerfreibades gestanden hätten. Ich kannte davon nur einen Weg aus dunklem Kies, von stacheligem Buschwerk nahezu überdacht, an dessen Ende man auf einen alten Steg stößt. Am Anfang dieses Weißdorn- und Heckenrosentunnels wartete, wie eine Schildwache dorthin gestellt, der kleine Hammerschwinger. Fast freute ich mich, ihn zu sehen, ich hatte zu dem Knaben, wie es die Auftragsarbeit manchmal mit sich bringt, eine launige Zuneigung gefaßt, ohne daß ich an ihm besondere Qualitäten hätte nennen können. Ich hielt ihm in Ermangelung des Originals Hellas Nachzeichnung des Bilderbriefes vor die Nase, er nickte, machte ein Gesicht, das mir dem Ernst der Sache angemessen schien, und winkte mich hinter sich her, nicht, wie von mir erwartet, Richtung Steg, wo ich mir seine Bandenbrüder sich sonnend und im schwarzen Wasser fischend dachte, sondern seitlich in die Büsche.

Das Gestrüpp war nur bis in Hüfthöhe einigermaßen licht, gebückt und entenähnlich watschelnd, drangen wir vor. Ein ganzes Stück weit war der Boden von halbverwesten Einwegtaschentüchern und von den mürb gewordenen Häuten der Verhütungsgummis übersät. Aber bald nahm der Unrat ab, das Dickicht zu, und mein Führer ging in Serpentinen, um Stellen zum Durchschlüpfen zu finden. Nie hätte ich diesem Streifen städtischer Notnatur ein solches Wachstum zugetraut. Wir duckten uns, so gut es ging, hindurch, krochen an manchen Stellen auf Knien und Ellenbogen. Die Dornen zerkratzten meinem Pfadfinder die bloßen Arme, zupften Fäden aus seinem Hemdchen, das ihm bis in den Nacken hochgerutscht war. Aus nächster Nähe mußte ich sehen, wie ihm ein tückisch tiefhängender Heckenrosentrieb die Haut aufriß und ihm das Blut aus dem gekrümmten Rücken perlte. Mit jedem Haken, den sein knochiges Gesäß vor mir zu schlagen hatte, tat er mir ein wenig mehr leid in seiner unzureichenden Betuchtheit. Wie war ich froh, als dieses grauenhaft verwilderte Terrain, nach einem letzten beinah dschungelhaften Abschnitt vor einem hohen Lattenzaun, an einem offenbar erschlossenen Gelände, ein Ende nahm.

Der Bandenbenjamin zückte sofort den Schusterhammer und schlug damit, als prüfe er den Klang, gegen die Bretter. Mir kam, während er so den Zaun abhörte, mein Orientierungssinn zurück und sagte mir, daß sich hinter der hözernen Blende nichts weiter als ein großer Lager- und Abstellplatz der Städtischen Straßenreinigung befand, der auch auf einfacherem Weg erreichbar gewesen wäre. Die Hammerhiebe ließen eine und, gleich daneben, eine zweite lockere Bohle klappern. Der Kleine hob beide an und drehte sie vor die Nachbarbretter. Er winkte mich heran, ich stutzte, denn statt in einen Hof zu blicken, sah ich auf einen Vorhang. Der Durchstieg durch den Zaun war auf der anderen Seite mit einem groben Stoff verhängt.

Daß ich mich trotzdem bückte und mit meinem Kopf den schweren Vorhang nach innen stieß, war eine Unvorsichtigkeit. Das Sacktuch rutschte mir über Gesicht, Nacken und Rücken, ich zögerte erneut, ich schreckte vor der Finsternis, in die ich kroch, zurück, aber da mich mein nun zurückbleibender Weggenosse mit Fausthieben zur Eile trieb, tappte ich weiter, fühlte das kalte, geriffelte Metall einer ansteigenden Schräge und schloß daraus, daß ich mich über eine eiserne Rampe auf etwas zubewegte, was sonderbar gründlich, was mit größter Sorgfalt verdunkelt worden war. Am Ende des vielleicht zwei Männerkörper langen Anstiegs stieß ich mit der Stirn an einen zweiten Vorhang, dessen Saum ich ertastete und hob.

Erneute Schwärze, jetzt stickig warm, umfing mich. Ich spürte den plattgetretenen, klebrigen Flor eines Teppichbodens, es roch nach heißem Gummi und Benzin. Ich hob die Knie vom Boden, verharrte wie ein Affe auf Fingerknöcheln und Zehenspitzen. Nach vorne lauschend, erwartete ich ein Zeichen, ein Wort aus einem Menschenmund – statt dessen schrien eiserne Scharniere, dicht hinter mir schlug etwas aufeinander, als wäre eine Klappe zugefallen, und aus dem Nachdröhnen des Knalls folgerte ich, daß ich in einem etwa zimmergroßen Gehäuse gefangen war.

Mich ohne einen Lichtblick aufzurichten wagte ich nicht. Ich ließ mich auf meinen Hintern plumpsen und drehte den speichelnassen Rand der Materialtüte, die ich zuletzt mit den Zähnen vor mir hergetragen hatte, in den Fingern. Als ich sie schließlich zwischen meinen Oberschenkeln auf den Boden setzte, kam mir ihr Rascheln plötzlich anders vor, es war, als höbe sich das Aneinanderschaben der papiernen Falten nicht nur von der Stille, sondern durch seine Klangfarbe auch von der Schwärze der Umgebung ab. Hauchzart errötet schien mir meine Tüte jetzt. Und wirklich fing, kaum merklich schwach und dampfig fein, gleichmäßig, ohne eine Quelle zu verraten, im unerkannten Raum ein Dämmern an.

Ganz langsam kam das Licht heraufgequollen. Als ich die Wände, rechts und links von mir nur einen guten Meter weit entfernt, mehr ahnen denn erkennen konnte, glich ihr Farbton schmutzigen Ziegelsteinen, als ich die Decke sah – ein Hüne hätte aufrecht stehen können –, war sie tomatenfarben, so wie das Fleisch von halbzerkochten Dosenfrüchten, und wie ich endlich – das Dimmen schien seine Langsamkeit fast lüstern auszukosten –

Konturen unterschied, war deren Röte wäßrig, ähnlich dem Speichel, der über eine aufgeschlagene Lippe rinnt. In solchen Momenten muß ich doch bedauern, daß meine Sinne während meiner Kindheit und Jugend so gut wie nie den Reizen der schönen Künste unterworfen waren. Kurti, der diesen Mangel oft empfindet, beklagt, daß wir, als wir am platten Rand der Stadt in grünumrahmten Klötzen größer wurden, unseren Blick, der empfänglich für Gefälle aller Art gewesen wäre, nur in die Bildschirme stürzen lassen konnten. In deren begrenzter Zeilenzahl, in deren knapp bemessener Lichtpunktmenge würfen bis heute, selbst bei Fernsehabstinenz, unsere Gefühle ihre Netze aus. Kurtis Gefühlszählung, er weigert sich seit Jahr und Tag, mir diese zehn Gefühle zu benennen, blieb mir auch in der roten Kammer dunkel. Aber mir schwante, wem ich ins Netz gegangen war: Wenige Schritte vor mir, an der Stirn des fensterlosen Raumes, war ein bauchiger Sessel aufgestellt. Darin saß, schattenlos in Rot getaucht, ein magerer nackter Mann mit langem, kantig hohem Schädel.
Ich weiß wohl, daß der Dialog, ihn in Gang zu setzen und voranzutreiben, nicht meine Stärke ist, und glücklicherweise erfordert meine Arbeit meist nur ein floskelhaftes Reden. Das aufwendige Arrangement dieses Zusammentreffens schien jedoch ein Gespräch, ein Pendeln und Wägen, zu verlangen, und sei es nur ein kurzes Feilschen um den Preis der Jacke. Also winkelte ich meine Beine zum Schneidersitz, straffte den Rücken und ergriff das Wort. Ich sei gekommen, um meine grüne

Jacke auszulösen. Mein Geld, hier waren alle Scheine rot, hielt ich gut sichtbar in die Höhe. Ich böte meine gesamte Barschaft und sei in Bälde auch zu einer Nachzahlung imstande. Als mir der Langschädlige keine Antwort gab, warf ich das Bündel in einem flachen Bogen zum Sessel hin.

Mein Wurf brachte, noch eh der Packen aufklatschte, Bewegung in mein Gegenüber. Der Oberkörper ruckte ein Drittel um seine Achse, der lahme rechte Arm schlenzte nach vorn, als wolle er das Geldbündel im Flug ergreifen. Aber dann kam zu meinem hilflosen Entsetzen ein zweiter rechter Arm hinter dem wieder abschaukelnden ersten hervor: Der Bandenführer war auf selten schauderhafte Weise mißgebildet. Was ich bis jetzt für seinen rechten Arm gehalten hatte, entsproß der Vorderseite seines Rumpfs, war offenbar ein zusätzliches fünftes Glied, das nur durch abruptes Drehen in ein Schlingern zu versetzen war. Noch einmal zuckte die Gestalt, die schlaffe Hand schlug, auf mich weisend, ein Stück nach vorne aus, und mein Entsetzensschluchzer übertönte fast das trockene, erlösend eindeutige Schalterknacksen, mit dem das rote Licht erlosch.

## 14

Mein eigenes Wimmern, mehr inwendig über den Rachenraum als übers äußere Ohr gehört, brachte mich auf den Grund der Wahrnehmung zurück. Ich biß die Zähne in die Unterlippe, ich kroch auf allen vieren los, patschte mit beiden Händen auf den Teppichboden, tappte mich so weit vor, bis ich ein Bein des Sessels zu fassen kriegte. Tollkühn vor Angst, wagte ich einen Hechtsprung in die finstere Höhe, umarmte nichts und stürzte in den leeren Sessel. Zugleich mit meinem Aufprall auf den Polstern drückte mein über eine Lehne abrutschender Ellenbogen hörbar den Schalter, dessen Knacksen mich in die Dunkelheit geworfen hatte und der mir jetzt das rote Licht so prompt zurückerstattete, als wäre die totale Finsternis nur eine flüchtige Störung meines Augenapparats gewesen.

Nichts als der bleiche Knopf des Schalters zierte die Sitzfläche, die sich noch warm anfühlte. Er ließ sich drehen; es war ein Dimmer. Ein Kabel führte hinter den Sessel, an der Rückseite der Lehne waren verschieden getönte Leuchtstoffröhren und ein Gewirr aus Drähten und Reglern angebracht. Ich drehte bis zum Anschlag auf, und alle Röhren mischten ihr Licht zu einer blendend weißen Helle. Der falsche Tag ernüchterte den Raum bis in die kleinste Ritze. Ich selbst, an allen Gliedern zitternd, konnte in einer ersten Rundschau immerhin ermessen, daß das blindlings vollzogene Geschäft nicht nachteilig für mich verlaufen war: Mein Geldbündel lag arg zerfleddert, aber nur um die Hälfte dünner, mitten im Raum, und an der linken Wand sah ich, korrekt auf einen Kleiderbügel aufgezogen, meine schmerzlich entbehrte Anzugjacke. Ich riß mir das zu enge rote Jäckchen von den Schultern und trampelte in einem Ausbruch nervöser Energie darauf herum.

Im rechten Gewand, das richtige Gewicht auf meinen Schultern, fiel es mir leicht, meine Umgebung zu begreifen: Die Wände waren aus Blech, durch ein ovales Fensterchen ließ sich ins Führerhaus eines Lasters blicken. Der Sessel, das Lichtwerk hinter seiner Lehne, ich selbst, mein Anzug, die Tüte und ihr Material waren das spärliche Frachtgut eines Möbelwagens. Zugleich mit dieser Einsicht kam mir der Verdacht, das Fahrzeug könnte mich in wenigen Sekunden, dieselnd und rüttelnd, aus meiner Stadt verschleppen und mich, der ich niemals gereist bin, in weite Ferne, bis in den tiefsten Osten, bringen. Ich riß eine der Decken, die die Heckklappe verhüllten, ab und stieß mit beiden Händen gegen das Blech, das unverriegelt kippte und donnernd auf den Boden schlug.

Schon war ich aus dem falschen Zimmer ins Freie hinausgestolpert, jede Bewegung meines Oberkörpers ließ mich die ideale Formung spüren, die mir von der schlaffen Haut der roten Jacke verweigert worden war. Noch einmal erfüllte mich Erbitterung über den aufgezwungenen Tausch. Mit Fußtritten brach ich die lockeren Latten des Durchschlupfs aus dem Zaun, sprang auf die andere Seite und drängte, die Sakkoschöße an die Hüften pressend, in den beim Herweg durchs Gestrüpp gebahnten Tunnel. Da ich so zwar meine Jacke, nicht aber mein Gesicht mit Händen schützen konnte, zerkratzte mir ein Dorn den Mundwinkel und noch die halbe Wange. Mein Blut mit weit herausgestreckter Zunge leckend, erreichte ich die Stelle, wo der Pfad zum Steg abzweigte. Dort stand, als wäre nichts geschehen, der kleine Hammerschwinger auf seinem Posten.

Den hochschäumenden Zorn kanalisierend, schlich ich tückisch leis an ihn heran; der Kleine hörte mich nicht kommen. Als ich ihm in die Kniekehle seines Standbeins trat, fiel er mit einem kläglichen Überraschungslaut zu Boden. Ich warf mich über seine Brust, hörte in ihr die Rippen knacken, schlug ihm die Tüte mit dem Glücksküßchen gegen die Zähne. Mit beiden Knien balancierte ich auf seinem schmalen Oberkörper, drückte die Gabel der Schleuder gegen seinen Hals, befahl ihm, mir alles, was er über den Transporter wisse, zu erzählen.

In einem letzten Aufbäumen seiner Frechheit begann das dunkelhäutige Kind, die großen Augen voller Wasser, in seiner blökenden Muttersprache zu jammern und zu betteln, und erst ein Stoß der Zwille gegen seinen Kehlkopf brachte ihn zur Besinnung und zurück in meine, die einzig erwünschte Sprache. Was ich erfuhr, war wenig, wurde auch nicht mehr, als ich dem Kleinen das Stielende des Glücksküßchens in eins der Nasenlöcher bohrte. Er wußte nur in kläglich fehlerhaftem Deutsch zu sagen, daß ihnen ein junger Mann, dem sie am Tag zuvor ein Stelldichein mit einer Obdachlosen eingefädelt hätten, die Zustellung des Bilderbriefs an Hella und meinen Transfer zum Möbelwagen in Auftrag gegeben habe. Für alles, auch für den Verrat an seinem Auftraggeber, schlug ich ihm kräftig ins Gesicht, trieb ihn mit Tritten zum Gebüsch, riß ihm zuletzt sein Hämmerchen vom Gürtel.

Während ich hörte, wie er in Panik durch die Dornenbüsche brach, und, fürs erste mit mir zufrieden, noch ohne neuen Vorsatz ins Grün der Hecken blickte, entdeckte ich an einem Ast, über dem Unrat schwebend, etwas Besonderes. Dort hing, als wäre sie zum Finden aufgehängt, eine Maske. Ich ging sie holen, hielt sie im Näherkommen immer noch für eine jener Larven, wie sie im Karneval verwendet werden, um die weiche Eigenheit des Gesichts hinter einer harten Allerweltsvisage zu verbergen. Aber als ich sie dann in meine Hände nahm, stellte ich fest, daß sie aufwendiger gefertigt war: Das hautfarbene Ding reichte nicht nur von Kinn bis Stirn, sondern umfaßte auch einen falschen Hals und einen hochgewölbten Schädel. Ich hielt ein Abbild, nein, ich hielt das Original jenes Gesichtes in den Fingern, von dem ich mich zweimal, zuletzt im roten Licht des Möbelwagens, ins Bockshorn hatte jagen lassen.

Solange mich ein Auftrag vorwärtstreibt, neige ich nicht dazu, mich schwächendem Grübeln hinzugeben, aber ich muß gestehen, daß ich in diesem Fall, angesichts der barbarisch plumpen List, nahe daran war, an mir und meinen Fähigkeiten zu verzweifeln. Wie leicht war es gewesen, mich hinters Licht zu führen. Ein Glück noch, daß ich nun nicht mit leeren Händen dastand, sondern mich in die Untersuchung der Maske flüchten durfte. In ihrem Mittelstück war sie pappstarr, während ihr Rand, elastisch eng und klebrig haftend, die periphere Mimik ihres Trägers, vor allem die Bewegungen des Unterkiefers wiedergeben konnte. Als ich die rohe, unbemalte Innenhöhlung prüfte, sah ich, daß diese aus in Kleister eingeweichten Zeitungen gebildet worden war. Einzelne Wörter des Druckbilds ließen sich entziffern, ich kratzte mit dem Zeigefingernagel in tiefere Schichten, vielleicht in der Hoffnung, einen ganzen Satz zu lesen, und fand statt dessen etwas anderes. In den Maskenbrei hatte man nicht bloß Zeitungsschnipsel, sondern auch – ich zupfte mir ein erstes kleines Stück heraus – zahlreiche Fetzen von Geldscheinen gerührt. Mit Speichel weichte ich die Pappe auf, und es gelang mir, ein größeres Fragment, das Drittel einer Banknote, herauszulösen. Es war der höchste Geldschein, den es in unserer Währung gibt. Und als ich meinen Fund zwischen den Fingern drehte, bemerkte ich etwas, das mir neue Hoffnung machte: Punktklein und dennoch deutlich war der Schein mit rosa Lack verschmutzt.

# 15

Hunger verspüre ich im Laufe eines Auftrags nie, doch einen Durst, der dann nicht leicht zu stillen ist, da es mich vor fast allen handelsüblichen Getränken ekelt. Mein Schlund blockiert mit würgenden Verkrampfungen, schon wenn ich Bier, Saft oder Milch erblicke. Selbst pures Wasser aus der Flasche oder aus der Leitung wird mir unerträglich, weil meine Zunge jedes Metall-Ion der darin gelösten Mineralstoffe mit einem hellen Brennen registriert. Genießbar bleibt mir nur mein Lieblingstrunk, ein Tee aus Pfefferminze oder anderen Kräutern, in den ich reichlich Zucker rühre. Aber solch ein bescheidener grüner Aufguß ist in der freien Wildbahn unserer Stadt nicht immer zu bekommen.

Deshalb erwog ich, trotz der drängenden Frist, ob ich, um meinen Durst zu löschen, mein Wohnbüro ansteuern sollte. Ein Taxi, das mir mit leuchtendem Schild auf der Kanalstraße entgegenkam, machte es mir schließlich leicht, dieser Versuchung nachzugeben. Beim Einsteigen zerriß mir meine Tüte auf ganzer Länge, und das erworbene Material rutschte auf das Rücksitzpolster. Es war wohl Zeit, hier eine neue Ordnung zu errichten. Als erstes nahm ich mir nochmals das Schlußblatt meines Comics vor, mein Blick schweifte über das große Hafenbild und tauchte in die trübe Unterwasserlandschaft seines Beckens, in dem der Geldtransporter ruhte. Das Taxi hüpfte auf schlechtem Kopfsteinpflaster, die Blätter des Comics schaukelten auf meinen Schenkeln, und plötzlich schenkte mir mein Bilderstudium die Erinnerung daran, daß ich nicht schwimmen kann. Jahre hatte ich nicht mehr an dieses Unvermögen denken müssen, jetzt aber sorgte es mich plötzlich wie ein akutes Defizit. Als ahnte ich, daß man mich bald zu einem Tauchgang zwingen würde, gelobte ich, mich, wo auch immer, stets nur bis zur Hüfte ins Wasser vorzuwagen, in Wasser, das so klar sein müßte, daß ich den sicheren Grund allzeit vor Augen hätte. Hannsi und ich – wie um mich zusätzlich zu mahnen, warf es mir mein Gedächtnis in den Schoß – waren die letzten Nichtschwimmer in unserer Klasse gewesen. Drei Sportlehrer hatte unsere Ängstlichkeit bereits zur Kapitulation gezwungen, und unser Handicap hätte uns weiter vereint, hätte man nicht einen schlauen, alten Bademeister auf uns angesetzt, wäre nicht Hannsi dessen tückischen Tricks erlegen. Den Kopf verkrampft im Nacken, panisch durch weitgeblähte Nasenlöcher schnaubend, hatte er sich, wie um sein Leben paddelnd, freigeschwommen. Ich rollte meinen Comic auf und steckte ihn in eine meiner Jackeninnentaschen, die abgrundtief sind und auch sperrige Teile bergen. Niemand wird jemals sagen können, ob ich, am Rand des Beckens stehend und in Erwartung meines nächsten Fehlversuches bibbernd, ob ich, der letzte Nichtschwimmer, der Fortschrittslose, damals dem

Klassenkameraden seine erquälte Tauglichkeit mißgönnte.
Die Einzelteile des Janus-Prospektes halfen mir auch bei der zweiten Durchsicht wenig. Ich gab mir Mühe, ich brummte, einen Zweitakter phantasierend, sogar leise vor mich hin, um mich auf das Fahrzeug einzustimmen, aber mir fiel zu diesem Dreiradtransporter, um den sich für Kenner der Materie bestimmt zahlreiche Legenden ranken, so gut wie gar nichts ein. Allein die Stahlrolltür des Sondermodells Sekuritas, deren Lamellen sich mit der Verriegelung des Schlosses zu einer soliden Wand versteiften, konnte mich erneut als pfiffige Erfindung überzeugen.
Als Ganzes jedoch machte mich das Engstirnige der Betriebsanleitung, das sture Aufeinanderfolgen von Schaubild und Erklärung, an etwas wenig Angenehmes denken. Am Anfang meiner Arbeitszeit, vor meinem allerersten Auftrag, hatte mir ein Kurier der Verwaltung den Karton mit meinem Telefaxgerät gebracht. Mein Versuch, mich in das Beiheft einzulesen, scheiterte auf den ersten Seiten, bald blätterte ich nur noch manisch vor und zurück, immer so schnell, daß ich keins der Bilder, auf denen stark behaarte, von Manschetten wie abgehackte Männerhände oder ringbestückte, klauenartig dürre Damenfinger nach der Maschine griffen, länger betrachten mußte. Daß ich den Apparat zumindest passiv, als Empfänger einer Nachricht, zu handhaben lernte, verdankte ich Kurtis Hilfe, der während seiner ersten Therapie auch einen Kurs Bürotechnik

belegt hatte und das Begriffene schonend an mich weitergab.
Ich stopfte die Janus-Broschüre in eine der Jackenaußentaschen. Das Visitenkärtchen der Firma Hitzik war beim Zerreißen meiner Tüte neben den Geldfetzen gerutscht, den ich der Maske entnommen hatte. Die beiden Materialstücke hatten das gleiche Format und annähernd die gleiche Größe. Ich weiß nicht, was mich dazu brachte, auch ihre Gerüche zu vergleichen. Das Banknotenfragment roch fast nach nichts, der Kleister hatte ihm die Duftnote gebrauchten Geldes, den Ledermief von abgegriffenen Börsen, ganz entzogen. Dagegen hatte das Kärtchen ein feines Aroma anzubieten. Obwohl ich es sofort als unverwechselbar erkannte, brauchte ich eine Eselsbrücke, um es benennen zu können: Den Fußpunkt meines Brückenschlags fand ich im ersten Teil des Namens Rosenmund Hitzik, und ich bewunderte den kultivierten Aufwand, den man einst beim Kundenfang getrieben hatte. Aber noch mehr Respekt nötigte mir die stupende Haltbarkeit des Duftes ab. Er hatte schlimme Zeiten, den Tod der Hitziks und die Zerstörung ihres Hauses überdauert. Ich schob das Kärtchen und das Geldscheindrittel in die Brusttasche meiner Jacke, vielleicht würde ich schon bald das eine oder das andere als Eintrittskarte oder Empfehlungsausweis zücken müssen.
Nur noch die unhandlichen Stücke blieben zu verstauen, das Pappgesicht des Bandenführers und meine Schleuder. Wie ich sie beide vor mir liegen hatte, der Stiel der

Waffe ins Larvennegativ gerutscht, bemerkte ich verspätet eine Eigentümlichkeit der Maske: Es waren keine Augenlöcher durchgebrochen. Ich drehte sie und fand in ihre Front zwar Scherben grünen Flaschenglases eingelassen, aber das Pappmaché verklebte die Rückseite der beiden Linsen, so daß einzelne Buchstaben des hartgewordenen Zeitungspapiers verzerrt vergrößert wurden. Wer sich die Larve überzog, war hinter ihren falschen Augen blind, auch wenn es für ein Gegenüber schaulustig aus dem starren Antlitz glitzern mochte.

Ich spuckte kräftig ins Innere der Gesichtsattrappe und schabte mit der Zwille ein Loch in die aufweichende Masse. Als ich ein Auge durchgestoßen hatte, stülpte ich mir die Maske vor den Kopf. Sie saß nicht übel, ihr Halsteil paßte gut in meinen Kragen, der Gummirand hatte die rechte Spannung und saugte sich hinter meinen Wangenknochen fest. Einäugig durch das Guckloch spähend, schob ich mich zwischen die Lehnen der Vordersitze, um meinen Schädel in den Reflexionsbereich des Rückspiegels zu bringen. Ich wollte einen Blick auf mich als Maskenträger werfen, hatte aber unerwartet einen bunten Bildschirm im begrenzten Sichtfeld. Der kleine Fernseher, rechts auf das Armaturenbrett geschraubt, war zuvor von der breiten Nackenstütze des Beifahrersitzes verdeckt gewesen.

Die mir nun jählings zuströmenden Bilder zeigten, in weichen Schwüngen, vor allem nackte Körper. Es waren Nah- und Nahstaufnahmen, die ich unter anderen Umständen gewiß mißverstanden hätte. Aber durch die

Gunst der Beschränkung, mit einem eng umrahmten, zu kurzer Distanz gezwungenen Auge, leuchtete mir das Nacheinander der Motive sofort ein: Anfangs war hinter einem Säugling noch der Oberkörper einer milchig schönen Mutter auszumachen, von ihr blieb dann allein die zarte, schlicht beringte Hand, ein transparentes Babyfläschchen haltend, aus dem das Kind mit pumpenden Backen trank, bis dessen schläfrig blinzelnde Augen die Sequenz beschlossen. Dies sah ich fünfmal variiert. Immer wurden die rundlich wohlgenährten, aber nicht fetten Kinder glücklich satt. Das Finale des Spots zeigte den mütterlichen Schoß, auf dem, ein Packungseck zwischen die Schenkel senkend, das Präparat zu sehen war, dessen Verflüssigung den Säuglingen so anschaulich gemundet hatte. Ich las ›Urtrunk des Kindes‹, und wenn der Ton nicht abgedreht gewesen wäre, hätte ich diesen Markennamen vielleicht von einem Frauenchor säuseln oder von einem warmen Hausarztbaß brummen hören. Statt dessen schrie mein Fahrer auf, unmännlich schrill klang seine Stimme, und sein abruptes Bremsen warf mich gegen die Lehne des Vordersitzes und dann ins Polster des Fonds zurück.

Dem Taxi entsprungen, war ich froh, daß meine Fahrt ohne weitere Mißverständnisse und Panikhandlungen zu Ende gegangen war. Meine Maskierung und das Glücksküßchen in meiner Faust hatten den Chauffeur gewiß Schlimmes befürchten lassen. Unschlüssig drehte ich die Maske in den Händen. Mich von Teilen meines Materials zu trennen fällt mir, solange mich ein Auftrag trägt und treibt, entsetzlich schwer, aber dies exquisite Stück, ein Kunstwerk fast, war viel zu groß für jede meiner Anzugtaschen. Als ich es seufzend in den Rinnstein warf, bemerkte ich, daß ich mich nicht, wie erwartet, in der Nähe meines Wohnbüros befand, sondern einer mir unbekannten Straße folgte. Offenbar waren wir falsch gefahren, denn die baumlos öde, enge Häuserschlucht mußte im östlichen, stark heruntergekommenen Nachbarviertel liegen, wo es, der Fahrer hatte meine trockenkehlige Artikulation mißdeutet, eine Straße mit ähnlich lautendem Namen gab.

Noch unsicher, wohin ich mich jetzt wenden könnte, lief ich geradeaus, studierte die schönen Muster, die sich ergeben, wenn Fassaden, als ob sie auf die Eingebungen einer hierfür zuständigen Muse horchten, Teile ihres Verputzes abwerfen und raffiniert umrissene Flecken nackter Ziegel präsentieren. Die Erdgeschosse, ehemals Läden, waren mit Brettern vernagelt, oder die aufgebrochenen Türen und Fenster standen jedem weiteren Zerstörer offen. Nicht selten waren die kahlen Innenwände von Brandflecken geschwärzt, und die Wahrscheinlichkeit, hier eine Gaststätte zu finden, in der ich einen Tee bestellen konnte, schien mir mit jedem dieser malerischen Löcher näher gegen Null zu sinken.

Ich zog das Hämmerchen aus meiner Hosentasche, ließ seinen Kopf zuerst auf Mauervorsprünge und Fensterbretter, dann auf das Blech geparkter Wagen sausen. Trotz der Verwahrlosung des Viertels und obwohl ich nirgends eine Menschenseele sah, waren die Straßenränder fast lückenlos mit Autos zugestellt. Irgendwo in der Nähe, vielleicht in den Hinterhöfen, mußten sich Arbeitsstätten samt der dazugehörigen Betriebsamkeit verbergen. Ich bog, Verputz aus einem Hauseck schlagend, in eine Seitenstraße und stand, die losgesprengten Brocken waren mir vorausgekullert, unvermutet an einem Ort geselligen Verweilens. Ein kleiner, kugeliger Wohnwagen hatte mit platten Reifen auf dem Gehsteig Fuß gefaßt. Das auffällige Plastikvordach, vor allem dessen Grün, auch unter starker Schmutzschicht noch ahnbar grell und giftig, signalisierte mir, daß hier Bewirtung angeboten wurde.

# 16

Kurti hat mir erzählt, daß man draußen im Land, in den anderen großen Städten und in den kleineren Gemeinden, die Zustände in einigen unserer Viertel für unerträglich hält. Er selbst hat einmal, auf Kur in irgendeinem Kaff, im Fernsehen gesehen, wie arg es hier bei Tag und Nacht in manchen Straßenzügen, in Parkanlagen und auf den U-Bahnhöfen zugehen soll. Da ich während der letzten zwei Jahrzehnte die Hauptstadt nicht mehr verlassen habe, hatte ich keine Möglichkeit, nahe und ferne Übel in eigener Anschauung zu vergleichen. Zudem ist mir, obwohl ich täglich in den verrufenen Bezirken unterwegs bin, seit langem, seit jenem Unfall, der mich ins Krankenhaus verdammte, nichts übermäßig Schlimmes zugestoßen.
Vielleicht würde es mein Verstehen schärfen, sähe ich regelmäßig jene Fernsehmagazine, die wie mit Satellitenaugen die Mißstände der Metropole erkennen und sie, in drastischen Bildern und mahnend kommentiert, vorzuführen pflegen. Leider ist mir jedoch aus meiner Therapie ein typischer Schaden, eine sogenannte Heilnebenwirkung, zurückgeblieben: Ich kann nur kurze Zeit vor Bildschirmen verbringen. Besonders nachteilig wirkt sich das Fernsehen auf meine Nerven aus, wenn es sich

um eine kritische Sendung handelt, die in einem aufklärerischen Tonfall untersprochen ist. Mürrisch lehnt sich dann etwas in mir gegen den Geist des Mediums auf, zugleich erfaßt mich eine Müdigkeit so zügig, daß ich, noch bevor ich meinen Ärger äußern könnte, in dumpfen Halbschlaf falle. Mein Chefarzt, Neurochirurg und Physiotherapeut, nannte diesen Effekt berufshumorig unser Götteropfer, weil man die vielen heilsamen Stunden vor den Videosimulatoren, glücklich genesen, paradoxerweise mit eingeschränkter Fernsehtauglichkeit bezahlt.

Der kleine Imbiß war geöffnet, aber menschenleer. Die Tafel an der Seitenwand des Wagens verriet in der Rubrik Getränke, daß es gleich dreimal Tee zur Auswahl gab, den sogenannten schwarzen, einen Früchtetee und einen, der sich Alpenkräutermischung nannte. Vor die hohe Theke waren drei Barhocker gestellt. Ich nahm den mittleren und trommelte mit den Fingern auf das leere, frischgewischte Blech. Schon lang liegt dieses ambulante, allein an einen Straßenplatz gebundene Gewerbe weitgehend in den Händen von Familien, die aus dem nahen oder fernen Osten in unsere Stadt gefunden haben. Obwohl ich während meiner Sucko-Zeit mit solchen Zugewanderten oder mit ihren hier herangewachsenen Kindern viele Nächte Schulter an Schulter saß und wir die gleichen milchig trüben Gläser in den Fingern drehten, muß ich doch sagen, daß sie und ihre dunklen Hände mir fremd geblieben sind. Sogar die Arbeit, die so viel verschweißt, die mich in Hannsis Diensten zu allen Gruppen der in den mittleren Vierteln Ansässiggewordenen führte, hat mich den auch in dritter oder vierter Generation noch nicht Erblaßten nicht wirklich nahegebracht. Kleinigkeiten, das andere Rosa, das durch ihre Fingernägel schimmert, oder das Wissen um das Beschnittensein der Männer, machen mich bis an die Schwelle des Ekelns schaudern.

Als es in Höhe meiner Knie im Inneren des Wagens raschelte, rechnete ich damit, gleich einen Vertreter dieser anderen zu erblicken. Nach einem lauten Kratzen schlug eine Klappe und ließ das Thekenblech vibrieren, kurz dachte ich, daß nur ein Hund, der über diesen Imbiß wachte, aus seinem Verschlag gekrochen sei. Ich reckte mich vom Hocker, um zu sehen, was dort im Bauch des Wohnwagens rumorte, und entdeckte den kurz-, fast kahlgeschorenen Schädel eines Kindes. Soeben zerrte es ein zweistufiges Bänklein an die Theke, um über dieses Hilfsmittel ins Blickfeld seines Kunden aufzusteigen.

Wir sahen uns an. Es war ein kleines Mädchen. Mitten auf seiner breiten, hochgewölbten, schön geschwungenen Stirn nahm eine feine rote Narbe ihren Anfang, die scheitelähnlich das dichte, dunkle Stoppelhaar durchlief und es bis an die Schädelbasis in zwei verschieden große Felder teilte. Sie grüßte mich mit ernster Höflichkeit, ich orderte die Alpenkräutermischung. Sie nickte tief – fast war es eine Art Verbeugung –, und dann begann sie, diverse Schachteln und Schächtelchen aus den Schubladen des Thekeninneren zu räumen und so vor mir aufzubauen, daß ich die Deckelaufschriften lesen konnte.

Es waren Zahlen- und Buchstabenkürzel eines mir unbekannten Ordnungssystems. Ob und wie sich die Beschriftung auf Tee, vor allem auf den von mir bestellten, schon nahgeglaubten Kräutertee bezog, konnte ich nicht erraten. Verärgert über dieses unerklärliche Verkaufsgebaren, zog ich, meine Bestellung wiederholend, das Geldbündel heraus, zückte dabei, weil es mein Geld beschwerte, auch kurz das Glücksküßchen, hatte die Schleuder sogar zwei, drei Sekunden auf der Theke liegen.

Daß ich meine Waffe zeigte, brachte uns sofort weiter. Mit beiden Händen schob das Mädchen die Schachteln über den Thekenrand und ließ sie – es klackerte metallisch aus ihrem Inneren – zurück in die Schubladen stürzen. Vor mir auf dem polierten Blech blieb nur ein einziges, kaum zeigefingerlanges Schächtelchen aus dunklem, fettfleckigem Karton. Das Mädchen schob mir die verbliebene Schachtel vor die Brust und meinte halb altklug, halb gewieft, dies sei nicht viel, aber in Anbetracht der Knappheit solcher Ware doch eine Kleinigkeit, die ich bestimmt zu schätzen wisse. Ich schüttelte das Schächtelchen, hörte ein stark gedämpftes Klicken, ich zupfte das Klebeband, das es verschlossen hielt, mit meinem Daumennagel auf. Ein Bausch zartrosa Watte quoll empor, als ich den Deckel lüftete. Ich pulte nacheinander drei messingfarbene Kugeln frei und ließ sie auf die Theke kullern.

Das Glücksküßchen verdankt seinen, vielleicht bis heute nirgends aufgeschriebenen Namen einem historischen

Ereignis. Unmittelbar nach dem Inkrafttreten des Alkoholverstärkerverbotsgesetzes hatte unsere Polizei damit begonnen, die bislang geduldeten und deshalb nicht wirklich verborgenen Sucko-Bars in großangelegten Razzien auszuheben. Am alten Güterbahnhof Ost, in einer Straße, in der sich damals eine Suckoklitsche an die andere reihte, hatten die Fahnder ein Ecklokal gestürmt, das sich ›Mutters Futterkiste‹ nannte. Die Eigentümerin war – ich weiß es noch aus meinen jungen Jahren – für uns Suckotrinker mehr als irgendeine Wirtin. Denn wie die Männer, die sich um ihre Theke scharten, rührte sie sich Sucko in das aufgewärmte Bier. Mutter Urlowski war, so sagt es die Legende, und viele wollen es mit eigenen Augen gesehen haben, die einzige Frau, die Sucko wie ein Mann vertrug.

Wahrscheinlich war ich nicht dabei, als sie verhaftet wurde, aber ich habe es so oft erzählen hören, daß mir vor Augen steht, wie die Urlowski um ihre Freiheit kämpfte, wie sie die Schuhe in die Hände nahm, um mit den Absätzen auf Helme und Polizistenschädel einzudreschen. Als man sie dann, barfuß, die Hände mit einem Plastikband auf den Rücken gefesselt, ihre berühmte lila Hochperücke schräg ins Gesicht gerutscht, nach draußen führte, wo sich die Trinker aus den umliegenden Kneipen zum Gaffen versammelt hatten, kam es zu jenem Zwischenfall, den man in Suckokreisen seitdem den Glückskuß nennt. Der Leiter der Aktion, ein Kriminaler alten Schlags, näherte sich der Festgenommenen, begann – man sagt, mit höhnischem Gesicht – ihr etwas ins Ohr zu flüstern, als es ihn plötzlich umriß und sein massiger Körper lang auf das Pflaster schlug. Bis heute hält sich die Mär, daß aus der lila Perücke der Verhöhnten ein gleichfarbener Blitz in das Gesicht des Mannes, sogar mitten in seinen hämisch schiefen Mund, gefahren sei.

Später gab unsere Polizei bekannt, er sei von einer Kugel, die man mit einer Schleuder abgeschossen habe, an der Schläfe getroffen worden, habe sich den tödlichen Schädelbruch jedoch erst beim Sturz auf das Pflaster zugezogen. Der Schütze ist nie ermittelt worden. Mit Glück entkam er der großflächigen Absperrung, die Waffe aber wurde wenige Straßen weiter in einem Gully entdeckt. Ihr Photo war dann im Fernsehen und in allen Zeitungen zu sehen, und mancher meiner alten Kameraden hat es sich damals ausgeschnitten und an den Kühlschrank oder übers Bett geklebt. Noch in der Therapie stieß ich auf einen, der das vergilbte Bild der Zwille, ganz wie das Konterfei der Liebsten, im Portemonnaie spazieren trug. Ich wage nicht zu sagen, ob es dort, wo ich die Munition für meine Schleuder erwarb, auch Tee, sei es nun schwarzen, roten oder grünen, gegeben hätte. Nicht immer kann man kriegen, was man will, man kann jedoch meist kaufen, was man braucht, und deshalb sollte man dem schnöden Mammon ein Minimum an Achtung zollen. Ich feilschte noch ein Weilchen um den verlangten Preis, erzielte einen bescheidenen Nachlaß, bezahlte und ließ die drei Kugeln in das Brusttäschchen meines Sakkos gleiten. Dabei kam mir, als meine

Fingerspitzen die Kante des Hitzik-Kärtchens spürten, die Idee, es an der tüchtigen Händlerin zu erproben. Ich legte die Visitenkarte, ohne ihre Schönheit durch Erklärungen zu schwächen, zwischen uns. Die Kleine schaute drauf, rümpfte die Spitze ihrer unkindlich langen Nase, sagte nichts, und als ich schon für möglich hielt, daß sie nicht lesen könne, nickte sie heftig und tauchte unter die Theke ab.

Zuerst stemmte sie einen zerfledderten, von Fett wie imprägnierten Band des städtischen Branchentelefonbuchs auf das Blech, dann reichte sie mir den Hörer eines Telefons nach oben. Der Rest des Fernsprechapparats verblieb im Bauch des Kiosks, aber die Kleine bot mir an, für mich zu wählen. Das Telefonbuch war zehn Jahre alt, sein desolater Zustand ließ vermuten, daß ihm zudem nicht wenig Seiten fehlten, immerhin schien die Inhaltsübersicht komplett und der gesuchte Branchenabschnitt ebenso. Die Firma Hitzik war – ich konnte das Gedruckte nicht bezweifeln – unter dem Buchstaben H verzeichnet. Der Eintrag stimmte mit dem Text des alten Kärtchens überein, allein der blumige Vorname war wie in Hellas Nachzeichnung des Bandenbriefes weggefallen. Ich gab dem Mädchen Zahl für Zahl die Nummer an, sie wählte im verborgenen, und aus der Muschel hörte ich, daß nach dem ersten Läuten abgehoben wurde.

Weder den langgehegten Plan noch den genialen Einfall würde ich typisch für mich nennen. Aber so, wie mancher im nachhinein gerühmte Blitzkrieg in Wahrheit mit

einem aus Zaudern geborenen Losstolpern begann, gerate ich, wenn mich ein Auftrag vorwärtsdrängt, immer wieder an einen Punkt, wo mich der wuchtige Durchschlag meines Handelns selbst am meisten überrascht. Kaum fünf Minuten nach meinem Anruf stand ich am Straßenrand und wartete auf den Hitzik-Wagen, den ich für einen eiligen Transport bestellt hatte. Als sich die brüchige, aber sehr klar artikulierende Altmännerstimme, nachdem mein Auftrag angenommen war, nach meinem Namen erkundigt hatte, hatte ich überrascht ›Firma H. K. Bertini‹ in den Apparat gestottert, was mein Gesprächspartner Silbe für Silbe wiederholte, als schriebe er den falschen Namen mit. Von meiner kleinen Kugelhändlerin erbat ich mir dann einen großen Karton, in den ich, um einen Inhalt, ein Transportgut, vorzutäuschen, ein Bündel alter Zeitungen, das sich neben dem Imbißwagen fand, versenkte.
Mit diesem Gepäck zwischen den Füßen stand ich, auf eine längere Wartezeit gefaßt, am Straßenrand, bemerkte zurückschauend, daß der von mir verlassene Imbiß den schönen Namen ›Jägerklause‹ trug. Ich hockte mich auf meinen Pappkarton, drückte meinen leeren Magen auf die Oberschenkel, wollte für ein symbolisches Pausieren den Kopf auf meine Knie sinken lassen, als rasend schnell, tief in die Federbeine wippend, das äußere Hinterrad verwegen lüftend, ein alter Dreirad-Janus, Sondermodell Sekuritas, mit hochgestimmtem Zweitaktknattern um die Ecke bog.

# 17

Zu oft erwarte ich, meine Erfahrung überspringend, als wäre sie nur kleinliches Genörgel am Glanz der Gegenwart, daß mir das Äußere eines Menschen und, als sein Äußerstes, sein sprechendes Gesicht freiwillig preisgeben, was ich mir dann in quälend langsamer Recherche auf krummen Zufallspfaden erst erschleichen muß. Als ich bereits im Kastenaufbau des Janus auf einem Klappsitz saß, erfaßte ich enttäuscht, daß das Gesicht des Fahrers nicht den geringsten Eindruck in mir hinterlassen hatte. Nachdem es mir gelungen war, fast handstreichartig in diesen Geldtransporter zu gelangen, hätte es meinen Erfolg gesteigert, wenn mir der Fahrer der Firma Hitzik bekannt, verdächtig oder wenigstens bemerkenswert vorgekommen wäre. Aber der, der eine der Ladetüren in die Höhe hatte schnurren lassen und als Einstiegshilfe ein kleines Trittbrett herabgeklappt hatte, war ein nichtssagend blasser, floskelhaft höflicher, ganz auf sein Angestelltsein beschränkter Mann. Jetzt konnte ich durch ein ovales Bullauge seinen von einem hellen Hemdkragen begrenzten Nacken und seinen webpelzdicht behaarten Hinterkopf im Rhythmus der Fahrbahnstöße auf und nieder wippen sehen.
Wir fuhren schnell durch Straßen, deren miserable

Asphaltierung die Federung des museumsreifen Dreirads auf eine letzte Probe stellte. Ein zweites, ebenfalls nautisch rundes Fenster in der linken Seitenwand zeigte mir die oberen Stockwerke der Mietskasernen, manchmal ein Dach, ganz selten einen Streifen trüber Bewölkung. Ich neigte den Kopf, um möglichst wenig Mauern, dafür mehr Himmel zu erhaschen. Aber als wäre das Draußen durch eine gegenläufige Mechanik an meinen Wunsch gekoppelt, schienen den hohen Gebäuden sofort noch etwas höhere zu folgen. Wieder erspähte ich allenfalls die Regenrinnen, selten zog ein Dachfenster oder ein Streifen Ziegelrot durch meinen Ausblick. In einem günstigen Moment sah ich den Rand eines grünlich oxidierten Flachdachs und darauf, vor ein wenig Helle, drei schiefmastige Exemplare jener Antennen, die einst ein jedes Haus gekrönt hatten und deren stählerne Fühler und knotigen Verstärkerkästchen wahrscheinlich heute noch für scharfe Fernsehbilder sorgen könnten.

Die Sehnsucht nach einem längeren freien Streifen, nach dem künstlichen Horizont der Stadt, brachte mich dazu, mich hinzuknien und meine Schläfe unterhalb des Fensterchens ans Blech zu pressen. Nach den Regeln der Optik mußte so, zumindest wenn der Lieferwagen über eine Kreuzung fuhr, ein Streifen Himmel zu ergattern sein. Aber die Fassaden reihten sich weiter lückenlos aneinander, und die maximale Zuspitzung des Ausblickwinkels hatte nicht die geringste Änderung erbracht. Enttäuscht wollte ich mich schon aus der unbequemen

Haltung lösen, als wieder ein flaches Dach, grünlich bemoost oder mit oxidiertem Blech gedeckt, erschien, und wieder trug es drei Antennenmasten, die sich einprägsam zueinander neigten. Ich blieb ans Blech gelehnt, auch als es bei einem jähen Sprung des Fahrzeugs ohrfeigenartig gegen meine Wange klatschte. An meiner aufkeimenden Ahnung zweifelnd, paßte ich ab, ob diese Dreiergruppe, ob diese so charakteristisch schiefen Stangen ein weiteres Mal, und damit den Verdacht erhärtend, am oberen Fensterrand vorüberziehen würden. Sie kamen bald. Es kostete mich kaum Geduld, sie noch drei weitere Male zu erwarten.

Um das bisher Wahrgenommene und mit ihm die stolze Autonomie des Augenscheins zu retten, schloß ich mit angestrengter Logik, daß mein Chauffeur nicht in gerader Linie durch immer neue Straßen fuhr, sondern auf irgendeiner in ihren Schwanz verbissenen Strecke kreisen mußte. Diese Erklärung hielt jedoch nicht lange vor. Am Schaukeln des Dreiradwagens, am Wirken der Fliehkräfte auf mich und den Karton war zwingend abzulesen, daß es unentwegt geradeaus und nicht um Ecken oder in Kurven ging. Ich fingerte über das Glas des Seitenfensters, es schien mir dick und war ganz leicht konvex gewölbt. Ich nahm, meine Wangen über die Blechwand schiebend, alle erreichbaren Winkel zum Fenster ein, mit dem Ergebnis, immer dieselben Stockwerke der sich in gleicher Folge wiederholenden Fassaden zu erspähen. Das hieß, ich zwang mich, die billige Erkenntnis endlich anzunehmen, daß dieses gläserne

Auge in der Seitenwand kein Fenster, sondern ein Bildschirm war und daß ein Filmchen immer aufs neue dieselbe Häuserreihe zeigte.

Ich sackte auf den Boden, bremste dabei das Hochschnellen des Klappsitzes mit einer Hand. Dann rutschte ich zur Fahrkabine, kniete mich vor den Durchguck in der Trennwand, um meinen potentiellen Gegner auszuforschen. Sein Hinterkopf war nah am Glas und füllte fast das gesamte Fenster. Sein Nacken warf, als sich der Schädel, einem Ruck des unsichtbaren Oberkörpers folgend, zur Seite neigte, zwei V-förmig gekerbte Falten. Am Kopf vorbeizusehen schien unmöglich, mehr als ein schmaler Streifen flimmriger Helle, vielleicht ein Stückchen Straße, tat sich nicht auf. Als sich das linke Ohr des Fahrers erneut dem Rahmen näherte, bemerkte ich, mit weitgespreizten Schenkeln kniend, daß die Ladefläche nicht schräg lag, also keine Kurvenfahrt anzeigte. Mir blieb nur noch die nächste Ausgleichsbewegung des Kopfes abzuwarten. Sie kam mit identischer Faltenbildung, und wieder fuhr der Wagen dabei geradeaus. Von einer jähen Übelkeit bedrängt, ließ ich von diesem zweiten Bildschirm ab und hockte mich, schwindlig und zitternd, auf meinen Klappsitz an der Seite.

Mein Unfall, der mir einst das Sucko schlagartig vergällte und der mich, sehe ich ihn als Anlaß meiner Therapie, erneut berufsfähig, für Hannsis Verwaltung tauglich machte, dieses folgenreiche Mißgeschick nahm seinen Ausgang, als ich mit zwei mir damals nahen Suckokumpanen den Luna-Park besuchte. Dieser traditionelle, ganzjährig betriebene Rummel ist inzwischen abgerissen, sein Riesenrad dreht sich nurmehr in alten Schlagern, und das Gelände ist längst lückenlos bebaut. Aber zu jener Zeit, in meinen letzten Sucko-Tagen, galt unser Luna-Park, obschon herabgekommen, als eine Attraktion des Ostteils unserer Stadt. Es dämmerte ein lauer Abend, wir spürten unsere vollen Suckoflaschen in den Innentaschen unserer Sakkos und streunten, kandiertes Obst und Zuckerwatte naschend, durch die Budenstraßen.

Die meisten Angebote, die Glücksspiele und Mitfahrapparate, ließen uns ungerührt, aber wie alle Suckosäufer standen wir gern in enggedrängten Menschenreihen und schoben mit Behagen in den stockenden Pulks der Rummelgäste. Von Gleichgesinnten hatten wir erfahren, daß es am Fischimbiß neben dem ›Liebestunnel‹ erhitztes Bier zu kaufen gab. Am Stand war wenig Betrieb, die Forellen mumifizierten in den Grillmaschinen, und der Eigentümer veräußerte ohne Geheimnistuerei drei Pappbecher mit heißem Bier an uns. Dann holten wir uns Karten für den Liebestunnel. Rückblickend fürchte ich, daß es mein Einfall war, das Sucko auf diesem Wasserkurs zu mischen und zu trinken.

Den großen künstlichen Teich, sein flaches, aber in der Nacht fast grundlos tief scheinendes Becken befuhren zweisitzige Kähnchen. Von leisen Batteriemotoren angetrieben, folgten sie einer unsichtbaren Führungsschiene. Sie kurvten um winzige Inseln, auf denen Polyester-Pfauen glühbirnenbestückte Räder schlugen, pflügten durch ausgedehnte Wasserrosenfelder, deren Kelche wunderbar zart phosphoreszierten. Höhe- und Schlußpunkt der recht langen Fahrt war die Durchquerung eines Tunnels aus Beton, dessen Finsternis von glimmenden Herzen in kleine Wegstücke gegliedert wurde. Die Boote plätscherten von Herz zu Herz und wurden durch eine Bremsvorrichtung so stark verlangsamt, daß Pärchen fast gezwungen waren, den Liebestunnel mit einer von seinem Namen inspirierten Praxis zu erfüllen.

Ich nahm mir einen Kahn allein, hockte mich mitten auf das Polster; meine zwei Freunde setzten sich in den folgenden. Ich kippte mir, kaum war mein Bötchen losgelassen, das Sucko in das heiße Bier, verquirlte es mit meinem Autoschlüssel und trank den Becher leer, während wir um die erste der Pfaueninseln schifften. Die Wissenschaftler, die im Dienst der Sucko-Gegner forschen und ab und zu auch in den Talkshows ihre fachmännischen Grimassen schneiden dürfen, bestreiten, daß Sucko alkoholische Getränke vorzeitig wirken läßt. Wer es jedoch am eigenen Leib erfahren hat, verwettet seinen Kopf darauf, daß bereits das tiefe Inhalieren des süßen Dampfs die erste Welle der ersehnten Wirkung, ein heißes Hämmern in den Schläfen, nach sich zieht. Ich warf den leeren Pappbecher zwischen die falschen Wasserrosen, und schon begann der Farbwert ihrer Kelche feinstufig zwischen Rosa und Lila auf und ab zu schwanken, im selben Takt, in dem die Wärmewallungen aus meinen Schultern bis in meine Hände und in deren Fingerspitzen stießen.

Kurti behauptet, daß er zwischen zwei Suckosäufer-Typen unterscheiden könne: Während die meisten im Rausch nur stumpf und freundlich würden und dann noch leichter als Nüchterne oder gewöhnlich Betrunkene zu handhaben seien, verklumpe einer Minderheit das Sucko mit etwas zuvor nur insgeheim Vorhandenem zu schwarzgalliger Tücke. Er sagt, daß er diesen Typ an seiner Eigenart, die Finger raubvogelklauenartig anzuspannen, erkennen könne und daß er einem solchermaßen schlimm Berauschten keine Sekunde lang den ungeschützten Rücken bieten würde. Freund Kurti, der gern übertreibt, beharrt darauf, daß solche Individuen schon zahllose Verbrechen, barbarische Metzeleien, blutrünstige Zerstückelungen begangen und teuflisch schlau verborgen hätten.
Kurz vor dem eigentlichen Liebestunnel griff ich mit meinen heißen, packsüchtigen Händen nach dem Plastiklenkrad, wie es im Bug jedes Bötleins an einem wackeligen Eisenrohr befestigt ist. Da alle Schiffe in derselben Schienenführung laufen, ist es funktionslos, dreht sich leer, ohne den Kurs des Kahnes beeinflussen zu können. Ich kurbelte aus wildem Jux, bloß um die Kraft meiner erhitzten Hände an einem Widerstand zu spüren, bis an den rechten und den linken Anschlag, wo das schwergängige Zahnrad an eine Arretierung gongte. So steuernd oder nur das Steuern spielend, fuhr ich ein in den Liebestunnel, und einer meiner Suckokameraden sagte später aus, ich hätte, vor ihnen in das Halbrund der Grotte schaukelnd, jenes bekannte Kinderlied ge-

sungen, in dem ein kleines Hänschen, wohlausgerüstet und mit gutem Mut, in eine weite Welt marschiert.
Das Umkippen des Bootes, das Kentern meines Kahns im Liebestunnel, wurde in Ursache und Ablauf nie geklärt. Der Polizei und dem Gericht genügte, daß ich Sucko zu mir genommen hatte. Man unterstellte mir, daß ich zuvor schon unter Suckoeinfluß Auto gefahren sei, man hätte mir, wenn meine Anwältin weniger ausgefuchst gewesen wäre, vielleicht noch Schlimmeres angehängt. Die Froschmänner der Feuerwehr, die mich aus dem Tunnel geborgen hatten, gaben an, sie hätten mich, bewegungslos und ohne einen Laut von mir zu geben, am Rumpf des umgeschlagenen Boots vorgefunden. Die rechte Hand, die, doppelt gebrochen, in einem Segment des von drei Speichen unterteilten Lenkrads klemmte, habe mich so tief in den hüfthohen Teich gezogen, daß mir schon beim geringsten Wellengang das Schlucken von Wasser und das Ertrinken drohten.
Zu dieser Aussage, aus der man folgern muß, daß ich zu völliger Bewegungslosigkeit verdammt war und um jeden Atemzug bangte, steht in gewissem Widerspruch, daß ich, unmittelbar nach dem Kentern des Kahns, mit kreischender Stimme um Hilfe gerufen haben soll. Auf dieses sich im Liebestunnel dröhnend überschlagende Geschrei war einer meiner Kumpel aus dem anderen gemächlich in die Grotte einschunkelnden Boot gesprungen, um mir, durchs finstere Wasser vorwärtsstürzend, so rasch wie möglich beizustehen. Er wurde dann das eigentliche Opfer meines Unfalls. Die Gutachten eines

technischen und eines medizinischen Experten wiesen, meine Richter überzeugend, nach, daß er, im Dunkeln unter schwach strahlenden Herzen meinen umgekippten Kahn umwatend, von der ganz leis und widerstandslos schnell drehenden Schraube des elektrischen Bootsmotors getroffen wurde, und zwar so unselig präzis an seinem linken Schläfenbein, daß er, vielleicht mit einem Seufzen, vielleicht stumm, ins flache Wasser sank und nah bei mir ertrank.

# 18

Daß es in unserer Stadt noch wahre, dauerhafte Feindschaft gibt, daß ich mir gar durch meine Arbeit echte Feinde, Feinde von altem Schrot und Korn, erschaffen könnte, bezweifle ich – selbst dann, wenn sich mein Grimm so abrupt und entschieden um ein Gegenüber schlingt, als wäre er einzig dafür aus mir erwachsen. Denn diese schlichte Gegnerschaft ist nie von Dauer. Schon bald verwirbelt sich der Klumpen Wut, löst sich im Strudel weiterer Wahrnehmung wie Suckoschleim in Alkohol, und feindselig zu sein erscheint mir dann so allgemein, als hasse jedes Molekül des schwabbeligen Stoffs in meiner Schädelschale den Rest der Welt auf seine elementar verzückte Weise.

Der Fahrer, dem ich, kaum hatte ich entdeckt, wie scheinheilig er sich verbarg, am liebsten mit dem Glücksküßchen an den realen Hinterkopf geschossen hätte, war mir während der Weiterfahrt, im Wippen und Schaukeln der Ladefläche, wieder so gleichgültig geworden, daß es mir keinen wesentlichen Unterschied zu machen schien, ob ich eine der drei Kugeln an seinem Körper oder an seinem Leuchtschirmbild vergeuden würde. In künstlich aufgeschürtem Ärger trat ich noch einmal gegen den Karton, den ich als Frachtgut mitgenommen hatte. Er kippte um,

die Zeitungen rutschten heraus, ich nahm mir eine und versuchte, sie zu lesen.
Als Hannsi mich nach meinem Unfall – mein Klinikaufenthalt ging schon ins zweite halbe Jahr – überraschend besuchte, saß ich in einem der freundlichen Gemeinschaftsräume vor einem Stapel Zeitungen und zwang mich, zwischen die Zeilen starrend, Ärzten und Pflegern einen Leser vorzuspielen. Hannsi, den ich seit dem Ende unserer Schulzeit nicht mehr gesehen hatte und den ich erst auf einen zweiten oder dritten Blick erkannte, lachte befriedigt auf und rief, ich hätte mich ja kaum verändert und sei, wie ihm mein Neuigkeitenhunger zeige, schon auf dem schönsten Weg der Besserung. Nie werde ich erfahren, ob Hannsi damals an mein Lesen glaubte. Er stand in einem hellen Mantel nur kurz bei mir und meinem Zeitungsstapel und brachte die frohe Botschaft, daß meine Ärzte mich für hinreichend wiederhergestellt erachteten, daß mir bloß noch der Start ins Arbeitsleben fehle, daß ich am nächsten Tag sofort nach dem Frühstück entlassen würde, und bereits nachmittags in seiner Verwaltung einen Auftrag entgegennehmen dürfe.
Die Zeitung, die ich jetzt im Bauch des Transporters in die Hand genommen hatte, war aus den letzten Tagen. Genauer konnte ich ihr Alter nicht bestimmen, denn ich wußte nicht, mit welchem Wochentag mein momentanes Schaffen angehoben hatte. Der Name des Blattes war mir aus meiner Zeit als Leser noch bekannt. Die Frontseite füllten Berichte, die die Umstände und Folgen einer Katastrophe, eines Flugzeugabsturzes, erzählten

und besprachen. Ich las zunächst nur Überschriften und das, was als kurzer Text unter den Fotos stand. Das Flugzeug, ein militärischer Großraumtransporter, war, ohne daß ich davon Kunde erhalten hatte, mitten in unsere Stadt gestürzt und hatte schlimme Schäden angerichtet.

Die Zahl der Opfer war nur durch den kalten Mut der Flugzeugmannschaft – ein Bild zeigte ihre drei verkohlten Leichen – begrenzt geblieben: Die Männer hatten die schon brennende Maschine, um nicht auf Häuser aufzuschlagen, in einen Stadtkanal gesteuert. Auf einem der Fotos hoben Spezialkräne den vorderen Teil des Rumpfes aus dem Wasser. Der Aufprall der mächtigen, drei Triebwerke besitzenden Maschine, das Krachen, als ihre Tragflächen die Uferbäume wie Strohhalme knickten, die Explosion der Treibstofftanks, das Jaulen der granatsplitterschnellen Aluminiumfetzen seien in den mittleren Bezirken weit zu hören gewesen. Allein bis zu meinem Wohnbüro, wo ich mich, noch unberufen, mit meiner Allergie gequält oder geschlafen hatte, war das große Getön offenbar nicht gedrungen.

Meiner Lektüre war nicht viel Zeit gegönnt. Der Janus bremste, rumpelte und hüpfte, kam schlingernd zu einem nach vorn geneigten Stillstand. Mir war beim letzten Sprung der Ladefläche die Schläfe an das Blech der Tür geknallt, aber als deren Lamellen – kaum stand der Wagen ruhig – nach oben schnurrten und mildes Abendlicht über den kahlen Boden und meine Zeitung floß, gelang mir trotz meines Schädeldröhnens sofort der Ausstieg. Blindlings hüpfte ich hinaus, benommen noch, jedoch im sicheren Gefühl, daß mich draußen nur Besseres erwarten könne.

Im Freien lobte ich mit einem Panoramablick die Echtheit der verkommenen Fassaden, des dunkelnden Abendhimmels und des buckligen Pflasters, auf dem der Fahrer niederkniete, um den zerfetzten, halb von der Felge abgerissenen Vorderreifen zu beäugen. Er schien, die Lippen zu einem starren O gerundet, so hilflos vor dem technischen Defekt, daß ich, in einem Anfall von Mitgefühl, meine Janus-Gebrauchsanleitung aus der Tasche zog, die Seite aufschlug, die den Wechsel des Vorderrades illustrierte, und vor ihm auf die Fahrbahn legte. Im Nu war er sich seiner Pflicht erneut bewußt. Er hielt mir kurz die blasse, ausdruckslose Fläche seines Gesichts entgegen, dann drehte er den Hals, der allein im Nacken seltsam enggereihte Falten warf, reckte die rechte Hand, zeigte die Straße hinauf und sagte, daß wir dem Ziel der Fahrt trotz der fatalen Panne greifbar nah gekommen seien. Der von mir angegebene Endpunkt des Transports, die Firma Hitzik, sei rechts unter den Hausnummern 2 und 3 zu finden.

Kein Mensch wird wohl von sich behaupten, daß er sich im versteinerten Hirn des Landes, daß er sich hier in unserer Hauptstadt nie verlaufen habe. Selbst ich, ein Hiergeborener, der schon seit Jahren nicht nur fremde Orte, sondern sogar das Umland und den Rand der eigenen Metropole scheut, gestehe ein, daß ich nicht selten in die Irre gehe. Und viele Straßen, die ich, wenn mich ein

Zufall in sie führt, sofort wiedererkenne, werde ich auch weiterhin nicht in einer stabilen Übersicht verankern können. Aber wer treibt nicht gern dahin, wo er zu Hause ist. Die Straße, die ich, einen langgezogenen Abendschatten vor mich werfend, hinaufmarschierte, erschien mir auf diese vage Weise halbvertraut – bis ich auf Hellas Gatten stieß. Im Laufe dieses ganzen Tags hatte er es gerade bis an jenen Taxistand geschafft, wo ich, nachdem ich seiner Mißhandlung durch die Bande zugesehen hatte, eingestiegen war, um zu Bettinas Bar zu fahren. Das Blut auf der Altmännerglatze war in der Zwischenzeit so dunkel verschorft, als hätte es sich an die dicken Warzen und Leberflecken angeglichen.

Hellas Mann saß auf einer seiner Taschen neben dem einzigen am Stand wartenden Taxi. Er hockte, fast gemütlich, im Winkel der aufgeklappten rechten Vordertür, dem Fahrzeuginneren zugewandt, wo der Chauffeur mit einem kleinen Tauchsieder, der sich am Zigarettenanzünder mit Strom versorgte, süßlich riechenden Wein für einen Sucko-Cocktail kochte. In Erwartung des Trunks hatte mich keiner der beiden kommen hören. Ich zog das Hämmerchen, das ich dem Bandenkleinsten abgenommen hatte, aus der Tasche und beugte mich von hinten über den Alten. Unfern der Wunde, die es am frühen Morgen aufgerissen hatte, ließ ich das zierliche Werkzeug vor seinen Augen pendeln. Er jaulte wie ein Hündchen auf, als er den Hammer so wiedersehen mußte, fing sich dann aber schnell, beschwichtigte mit einer Handbewegung den aufgeschreckten Taxifahrer und sprach dann mich, ohne sich zu mir umzuwenden, mit meinem Namen an. Er sagte Mühlerchen wie seine Frau, er sagte, daß ich ein barbarisch rohes Bürschchen sei, daß er seiner Hella von Anfang an geraten habe, mir niemals Tee zu kochen und mich auf keinen Fall mit Neuigkeiten zu verwöhnen. Jedoch die gläsernen Hände der Vernunft stemmten sich bekanntlich stets vergeblich gegen das Drängen blinder Güte. Da es inzwischen weit mit mir gekommen sei, wolle er, dies Hämmerchen vor Augen, ein Wort von Mann zu Mann, über den Abgrund, der die Alten von den Jungen trenne, schicken. Er rate mir, von allem Handeln abzulassen. Das Flimmern und das Rauschen meiner Arbeit solle ich fliehen, bis andere Geräusche und Lichter sich erbarmten und alles Gewesene gnädig zu matter Stille dämpfen würden. Er bitte mich, hier neben ihm auf seinen Taschen Platz zu nehmen, damit wir drei aus einem Becher friedlich und ziellos Sucko tränken.

Ich bin nicht völlig ungebildet. Wenn einer mich wie Hellas Gatte an den rechten Stellen reizt, mich an meinen kulturellen Zonen kitzelt, fällt mir das eine oder andere ein, was ich irgendwann, erzwungen oder freiwillig, gelesen habe. Auch jetzt reichte mir meine halb im Abraum der Zeit versunkene Bildung ein Fragment, einen einst aufgeschnappten Philosophenspruch, herüber. Der Satz klang gut und war vermutlich kaum verballhornt. Sogar den Namen des schnauzbärtigen Denkers hatte ich parat. Spruch und Namen hätten genügt, um dem Sermon des alten Suckosäufers Paroli zu bieten,

aber die Schwere meiner angeschwollenen Zunge, die Sprödigkeit der durch das Dürsten aufgesprungenen Lippen verboten mir, Worte zu verschwenden. Schon hatte ich die Hand erhoben, um mit dem Hammer zuzuschlagen, als mich die Vorstellung, nur eine dünn verschorfte Wunde aufzureißen, bis an die Grenze des Erbrechens ekeln machte. Ich ließ das Werkzeug, die Hüfte bereits zum Weiterstürzen wendend, aus meinen Fingern gleiten und in den Schoß des Alten plumpsen.
Das letzte Wegstück lief ich, mit trockner Kehle röchelnd, im Trab. Die Sonne war hinter die Dächer abgesackt, keine der hohen Peitschenlampen wollte funktionieren, auch alle Fenster waren schwarz. Vor Einbruch einer ungeheuren städtischen Finsternis mußte ich unter das Dach der Firma Hitzik schlüpfen. Mit stechenden Schmerzen in den Eingeweiden näherte ich mich meinem Ziel. Die Hausnummern 2 und 3, die mir der Fahrer des Geldtransporters angegeben hatte, zierten, ich starrte keuchend hoch, die abgasverätzte Fassade des mir nicht unbekannten, aber bislang bedeutungsleer gebliebenen Stadtbads Ost, das hier seit Urgroßväterzeiten die Straße schließt und das, wie ich zu wissen meinte, aus jeglicher Nutzung entlassen worden war.
Jedoch, wer könnte eine Übersicht erzwingen über das weite Feld der blühenden und welkenden Geschäfte, wer wägt die Unzahl der in unserer Stadt gegen Berechtigungspapier, Gebühr oder Bezahlung angebotenen Dienste? Vermessen wäre es, den zart- und vielgliedrigen Korpus, allein um purer Ordnung willen, in das

Korsett einer Klassifizierung einzuschnüren. Die Demut, die es braucht, um unserer Ohnmacht und der Üppigkeit der Welt gerecht zu werden, versuche ich im Laufe jedes Auftrags durch eine höhere Blödigkeit des Vorwärtsstolperns zu erringen. Die Eingangshalle des alten Stadtbads war groß genug, um sich in düstere Nischen und aufstrebende Treppenfluchten zu verlieren. Die feuchte Wärme, die mir noch bei den ersten Atemzügen die Dürre meines Schlunds gelindert hatte, brannte mir nun in den wunden Schrunden meiner Lippen. Ich leckte in die eingerissenen Winkel meines Mundes, glaubte außer dem Chlor auch das Aroma eines Desinfektionsmittels herauszuschmecken. Ich ging nach rechts, wo hinter einem Eck stärkeres Licht zu brennen schien. Vorsicht war fehl am Platz, die letzte Nacht hatte begonnen, am nächsten Morgen mußte ich, gemäß den neuen Konditionen, den Auftrag abgeschlossen haben.

Im Schein einer tiefgehängten Lampe blockierte eine Theke einen breiten Durchgang. Hinter dem Thekenholz saß eine Frau, deren Gesicht mir von den Blättern einer Fernsehillustrierten verborgen wurde und die ich dennoch, wahrscheinlich am Gleichmut ihres duldnerischen Lesens, sofort erkannte. Hellas polnische Freundin senkte die Zeitschrift, seufzte leis und fragte mich, ob ich jemals gezwungen gewesen sei, Tage hindurch dieselbe Programmzeitschrift zu lesen, ohne Gelegenheit, eine der darin beschriebenen Sendungen zu sehen. Noch vor ihrem Krankenhaustermin, kurz vor jener dann hoffnungslos gescheiterten Krampfadernver-

ödung, habe sie ihr nagelneues TV-Gerät in Hitziks Pfandleihhaus getragen, und morgen erst, falls sie endlich den Vorschuß für ihre Arbeit hier im Badehaus ausgezahlt bekomme, sei sie in der Lage, das Gerät auszulösen. Was mich betreffe, den sie ja nun ein bißchen kenne und einzuschätzen wisse, rate sie mir von ganzem Herzen zu einer Kur mit rotem Moor und Kräutertrunk. Dieses spezielle Wannenbad erscheine ihr für meinesgleichen wie maßgeschneidert. Am besten, ich erwürbe, ohne zu zögern, die Zehnerkarte, die nur noch heute zu einem Werbepreis zu haben sei.
Mit einer Stimme, deren heiseres Bellen mir selbst fast unverständlich in den Ohren klang, zwang ich mich zu der Zwischenfrage, wo hier im Bad die Firma Hitzik ihre Räume habe – während zugleich, in einem Akt von Eigenmächtigkeit, meine zittrigen Hände mein gesamtes Restgeld, sogar einzelne Münzen, aus meinen Hosentaschen kramten und auf die Theke warfen. Die Polin sagte, daß die alten Herren Hitzik wie immer mit Einbruch der Dunkelheit zum Essen ausgegangen seien und erst ein gutes Stündchen später ihr Pfandbüro zur Nachtschicht wieder öffnen würden. Dann sei auch Zeit für mich, gebadet und erquickt, die beiden aufzusuchen. Sie ließ die Hand auf eine große, altmodische Klingel fallen, hinten im finsteren Gang ging eine Tür, ich hörte hölzerne Sohlen auf die Fliesen schlagen. Die Polin steckte mir ein wenig Rückgeld und die Zehnerkarte zu, hängte mir noch ein riesiges rosa Handtuch über beide Schultern, zog mich durch eine Klappe auf die andere

Seite ihrer Theke, stieß mich mit einer Kraft, die mir zu ihrer neuen Tätigkeit zu passen schien, hinein ins Dunkle, aus dem das Schnaufen eines Mannes zu hören war, der schwer an seiner Masse schleppte. Die Süße der Erwartung, die herrliche Gewißheit, das Anrecht auf einen Kräutertrunk zu haben, ließ mich, die Zehnerkarte wie einen Freibrief zückend, diesem plötzlich hell aufleuchtenden, gewaltig breiten Bademeister entgegenstürzen. Gerade in solchen Augenblicken tollkühner Unbesonnenheit ist das handelnde Eigene größer, als man denkt: Etwas in mir hatte noch schnell veranlaßt, daß meine linke Hand den Comic herausgezogen und der Polin hingeworfen hatte, wohl um der armen Frau zu dem längst fälligen Lektürewechsel zu verhelfen.

## 19

Die rohe Kraft des Bademeisters war so in Fett gebettet, daß jeder Griff, der meinem Körper widerfuhr, unwiderstehlich weich erzwang, daß ich mich in ihn fügte. Die zärtliche Gewandtheit, mit der die tellergroßen Hände meine Kleidung von mir streiften, geschwind das rosa Badetuch um meine Hüften schlangen, gerade als ich mit verschämtem Blick mein Glied bemerkte, diese Gekonntheit erfüllte mich, so wohl sie tat, mit Neid: Wem ist es noch vergönnt, dermaßen fest im Speck seines Berufs zu stehen? Er legte mir die muskelschweren Hände auf die Schultern und schob mich auf eine grauverzinkte Wanne zu.

Die Angst davor, mich in das dunkelrote, erdig riechende Gebräu hinabsinken zu lassen, wurde nur durch die Aussicht auf den versprochenen Kräutertrunk in Schach gehalten. Während ich, die Finger um den Wannenrand geklammert, das sämige, schier unerträglich heiße Moorbad über den Bauch bis an die blassen Warzen meiner Brust hochsteigen ließ, füllte mir mein Betreuer an einem Hähnchen in der Bretterwand unserer Badezelle ein Zylinderglas mit grüner Flüssigkeit. Ich sackte auf den Grund der Wanne, saß weit zurückgelehnt, die Brühe schwappte um mein Kinn, ich reckte meinen aufgesperrten Mund nach oben, sah und verspürte, wie der Bademeister, ohne den Glaszylinder an meiner Unterlippe anzusetzen, mit einem schnellen Kippen dessen eisigkalten Inhalt in mich goß.

Der Schluckkrampf, der mich überfiel, zerschlug mir nicht allein die Möglichkeit zu trinken, er ließ mich, was noch schlimmer war, Teile des Gusses in die Lunge atmen, ich keuchte, hustete und würgte, versuchte, mich aus der Wanne zu erheben, jedoch die massigen Männerbrüste über mir hinderten mich daran. Ich röchelte, die Bronchien brannten, der aufgeschäumte Sud lief mir mit Rotz aus beiden Nasenlöchern. Erst als der Bademeister das Glas am Beckenrand abstellte und, ohne sich noch einmal umzusehen, aus der Kabine schlappte, spannte sich meine Lunge hüstelnd ab, die Hitze des Bades tat mir langsam ein wenig wohl, mit zittrigen Fingern nahm ich das Glas vom Beckenrand und schlürfte den übersüßten und unbeschreiblich guttuenden Rest des Kräutertrunks in meine Kehle. Und während ich den Lauf der Flüssigkeit wie einen Zapfen Eis in meinen Magen dringen fühlte, bemerkte ich am Spannen meiner Hodenhaut, daß gleichzeitig in meinen Mittelauswuchs Blut geschossen war. Ich leckte den letzten Tropfen aus dem Glas, es war kaum noch etwas darin gewesen, und die Enttäuschung über das vorschnell eingetretene Ende der Erquickung mischte sich mit Grimm darüber, daß dieser Auftrag mir die übliche geschlechtliche Entladung weiterhin grundlos vorenthielt.

Ich sah mich um, als wäre in dem engen Viereck der

Kabine noch irgendwo ein brauchbares Objekt für mein im heißen Wasser zuckendes Verlangen ausfindig zu machen. Indes, der Holzverschlag war bis auf die Wanne, ein kleines Porzellanbecken unter dem Zapfhahn und meinen Anzug an der Tür vollständig leer. Erst als ich meinen Kopf aufs warme Blech nach hinten legte, entdeckte ich den Fernseher, der von der Decke hing. Die Ketten, die ihn hielten, waren so um ihn herumgeschlungen, daß sie über das Glas des Bildschirms liefen, und diese provisorische Befestigung schien alt zu sein, denn Ketten und Gerät waren von zottigen Staubflusen behangen. Ein Kabel reichte herab bis an das Fußende der Wanne, führte zu einer gummiüberzogenen Taste, ich hob ein Bein und drückte mit dem Zeh darauf.

Der Gummi schmatzte, und über mir begann der Fernseher zu brummen. Dem technischen Geräusch gelang es sofort, die Erregung meiner Körpermitte zu einem pulsierenden Jucken zu verstärken, es pochte in mir, erzwang in immer engeren Abständen sogar ein Hochzucken des Beckenbodens, mir schien gewiß, daß das sich aufreizend langsam erwärmende, vermutlich altersschwache TV-Gerät in Bälde passende Bilder bieten würde. Sicherlich konnte der Badebetrieb in dem ruinenhaften Bau nur weiterexistieren, weil die schummrigen Holzkabinen dazu taugten, die altmodisch verhohlenen Gelüste spezieller Kunden abzustillen. Ich kratzte mit allen Fingernägeln über Oberschenkel, Bauch und Lenden, schnipste dann ungeduldig Moorwasser nach oben, ein hochfliegender Tropfen zerklatschte auf dem

Bildschirm, der hellte zögernd auf, zeigte zunächst nur körniges Grau, dann wischende Schwarzweißkonturen, schließlich seltsam schwimmende farbige Flächen.
Orange Scheiben, ungleichmäßig abgeschleckten Dauerlutschern oder verbeulten Gummibällen ähnlich, säumten ein giftig grünes Band. Offenbar wurde die Kamera ohne Stativ geführt, in einem wackeligen Zickzack versuchte man, den windungsreichen Lauf des grünen Streifens im Bildzentrum zu halten. Gekoppelt an diesen Schaukelkurs, schwankten auch die Farben, die Schlangenlinie changierte über türkise Zwischentöne in ein leuchtendes Marineblau, und die orangen Kreise fanden nach einem wilden Flackern mit fiebrig rotgetupften Flecken in ein stabiles Dunkelgrün hinüber. Als sich die Farben so beruhigten, klärte sich auch die Distanz zum Abgefilmten, plötzlich glich das, was in der Bildmitte zu sehen war, den Kronen von in Reih und Glied gepflanzten Uferbäumen, und ein solides Blau ließ sich, ohne die Phantasie bemühen zu müssen, als Fluß oder Kanal bestimmen. Erst jetzt, wo alles gegenständlich wurde, bemerkte ich die Schrift: Am unteren Rand des Fernsehbildes stand, klar und ruckfrei eingeblendet, das leuchtend weiße Wort ›Originalaufnahme‹.
Ich las den Schriftzug als Ersatz für den Ton, zu dem sich das häßliche Brummen des Geräts einfach nicht modulieren wollte. Dabei hielt ich mein Glied, das mittlerweile rund um seinen Ursprung krätzig juckte, mit beiden Händen, war weiterhin in froher Erwartung, daß bald das bewegte Spiel detailscharfer Körper folgen würde.

Während meine gereizte Haut mich nötigte, ununterbrochen mit den Nägeln über sie zu schaben, mutmaßte ich, daß sowohl die Bezeichnung »Originalaufnahme« als auch die amateurhaft ungeschickten Landschaftsbilder Teil eines besonders raffinierten Vorspanns waren. Nach einer solchen Einstimmung mußte das Folgende heimelig privat erscheinen, das ganze klatschende und quietschende Bespringen nackten Fleisches mußte dann wirken, als wäre es allein aus purer Lust an seiner Gegenwart und nicht gegen Stundenlohn oder pauschale Honorare abgeleistet worden.

Aber statt endlich den schon quälend lange überfälligen Menschenkörpern Platz zu machen, kippte das Fernsehabbild des Kanals über die Baumkronen hinweg auf eine lückenlos geschlossene Zeile hoher Neubaublöcke und sprang von dort in einen sekundenkurz rosaverfälschten, dann krachend himmelblauen Himmel. In dessen Klarheit stand ein schwarzer Fleck. Dem wuchsen langsam weitere Pixel zu, und größer werdend suggerierte der Klecks ein Näherkommen. Mein Glied mit einem Würgegriff in Wartestellung haltend, wußte ich nicht, ob noch mit einer exquisiten, wahrlich waghalsig hinausgeschobenen Überblendung ins Geschlechtliche zu rechnen sei oder ob nichts als Enttäuschung bleiben werde. Der Kameramann mühte sich ab, den Himmelsfleck, er war inzwischen nicht mehr rund, sondern ein waagerechtes Bälkchen, nicht an den Rand des Bildes driften zu lassen. Wenn es ein Ding war, stürzte es aus großer Höhe, nicht lotrecht, sondern in schrägem Flug auf den Originalbetrachter und auf die von ihm gefilmte Gegend zu. Schon teilte sich das fallende Objekt den Schirm mit den erneut ins Bild gerutschten Dächern, aber kaum einen zweiten Blick erlaubend, denn mit dem Aufprall des vom Himmel Stürzenden gerieten Farben und Formen außer Rand und Band, keine Kontur war stark genug, dem Aufflammen von Lila, Violett, Orange und vielerlei Rot zu trotzen. Lang loderte ein stummer, wild abstrakter Brand, bis schließlich das von Betroffenheit fast aufgequollene Gesicht eines Nachrichtensprechers erschien, dessen Lippenschürzen und Backenzucken der schwächer und unregelmäßig gewordene Brummton des Apparates komisch untermalte.

Das laute Lachen der, ohne daß ich es bemerkt hatte, in die Badekabine eingetretenen Polin ließ mein noch immer festgepacktes, aber schon reichlich irritiertes Glied vollends erschlaffen. Die Ungerufene stand, die Kante eines Tabletts gegen die Brust gedrückt, am Fußende der Wanne, schaute kopfschüttelnd hinauf zum Fernseher und bedauerte, daß mir so Unerquickliches geboten werde. Die ganze Anlage sei hoffnungslos veraltet und wechsle eigenmächtig zwischen den eingespielten Videos und den Programmen verschiedener Kabelsender. Sie stellte das Tablett vor meine Nase quer über die Wanne und kletterte auf deren breiten Rand. Mit einer Hand gegen die Bretterwand gestützt, reckte sie sich zum Fernseher und schlug mit Schwung auf sein Gehäuse.

Das Bild sprang sofort um. Ich sah in ruhigen Farben eine gewölbte Leibesfläche, vielleicht war es ein Bauch

oder ein ungewöhnlich fetter Schenkel. In einem leicht verzögert anschwellenden Stöhnen unterschied ich zwei Stimmen, aber ehe mir neues Blut in meinen Mittelauswuchs strömen konnte, erstarben Bild und Ton mit einem furzenden Geräusch. Die Polin hieb von neuem gegen den Apparat, und ihre nackten Zehen quietschten bei jedem Hochwippen über das Wannenblech. Ihr eifriges Bemühen kostete bestimmt nicht wenig Kraft, die Krampfadern auf ihren Waden glänzten bläulich, wirkten zum Platzen angeschwollen.
Es war nur das Tablett, das mich in diesem Augenblick noch hemmte. Nur dessen hölzerne Barriere quer vor meiner Brust verhinderte, daß ich mich auf die Polin warf, daß ich sie in mein Moorbad riß, daß ich mich auf sie wälzte und sie so lange unter das Wasser drückte, bis ihre operierten Beine jedes Zappeln ließen und ich den stillgelegten Rumpf ohne die Zeugenschaft des Kopfs gebrauchen konnte. Selbst meinen Augen wäre die Arbeit meiner Hände im schwebstoffreichen Badewasser unsichtbar geblieben. Ach, was mir während aller bisherigen Aufträge – und nur noch dort! – geglückt war, daß mir ein Phantasieren mir nichts, dir nichts in das Ruckzuck der Tat hinüberschnappte, es wurde dieses Mal erneut tückisch vereitelt: Auf dem Tablett standen, flachbauchig und aus dunkelgrünem Glas, jene mir wohlbekannte Halbliterflasche des tschechischen Magenbitters und treu an dessen Seite der Pfefferminzlikör, den ich nach unermüdlichem Probieren einst als ideale Zumischung gefunden hatte. Sogar das Sucko war, wie

auf der Szene längst nicht mehr gebräuchlich, in ein zylindrisches Fläschchen abgefüllt. Von so viel alter Form beklommen, tupfte ich mit den Fingerspitzen an die Flaschen, beide waren, wie ich es früher liebte, im Wasserbad fast kochend heiß gemacht. Inzwischen hatte es die Polin aufgegeben, den Fernseher wiederzubeleben. Sie war vom Wannenrand herabgeklettert. Schon schenkte sie mir ein, traf ganz genau die rechten Mengen, quirlte mit einem langen roten Plastiklöffel in der Mischung, bis das erweichte Sucko Fäden zog und sich, die Destillate trübend, löste.

Als sie gegangen war, nicht ohne mir ein »Wohlbekomm's!« zu wünschen, verharrte ich ein Weilchen still, betrachtete zuletzt, wie von meinen aufgetauchten Händen das Heilbad triefte, und ließ dann alles, Glas, Flaschen und Tablett, ins Wasser plumpsen. Die schweren, noch fast vollen Flaschen kullerten mir über den Unterleib und klopften dumpf auf den Boden der Wanne. Der heiße Likör lief aus, wärmte die lau gewordene Brühe. Ich kletterte hinaus, griff nach dem Handtuch und rieb, was an mir klebte, in seinen Flausch. Dabei sah ich, über meinen flacher gewordenen Bauch hinweg, den bildlichen Ausdruck jenes Juckens, das sich im Bad mit meiner Geilheit verbrüdert hatte: Den Unterleib und auch die Innenseiten meiner Schenkel bedeckten, dicht und kegelförmig erigiert, die gleichen eiternden Pusteln, die meine Allergie zuvor nur an den Händen ausgetrieben hatte.

Noch mehr als über diese topographische Verlagerung

erschrak ich über die zeitliche Verschiebung des quälenden Symptoms. Bislang waren die Auftragstage Freiräume gewesen, in denen ich, von keinem Allergieschub torpediert, mein Außen wie mein Innen verdingen konnte. Etwas an meiner momentanen Suche hatte diese Verfügbarkeit beschädigt. Mit dumpfem Groll suchte ich unter den Akteuren der zurückliegenden Tage nach einem Schuldigen, ich würgte in Gedanken die davongekommene Polin, verfluchte Bertini und die Bosheit seiner Künste, schwor mir vor allem, den ungetreuen Kurti mit peinlicher Strenge zu bestrafen und mich zuletzt in Hannsis Hauptverwaltung, auf den Erfolg gestützt, in tiefgekränktem Stolz zu präsentieren. Ich sprach darüber leise mit mir selbst, verstummte erst, als ich bemerkte, daß meine an die Tür gehängte Kleidung unvollständig war. Dort hingen zwar die Hose und das zurückgewonnene Jackett, aber mein Hemd, die Unterwäsche und die Schuhe fehlten. Ich zauderte nicht lang, stieg mit den feuchten Füßen in die Hosenbeine und zog das Sakko über meine nackten Schultern. Das Glücksküßchen war noch an seinem Platz und drückte, aus der Innentasche ragend, gegen meine Brust, als wollte seine kalte Gabel meinen Herzschlag fühlen.

# 20

Barfuß tappte ich einen langen Gang hinunter; ich wollte ohne weitere Verzögerung in die Tiefen des alten Hallenbades, bis ins Kontor der Firma Hitzik dringen. Ein Hintergrundgefühl, vielleicht das Rauschen der Erfahrung, stimmte mich sicher, daß ich auf diesem letzten Wegstück das Glück auf meine Art erzwingen würde. Ich bog in einen neuen Korridor, die Schwüle nahm zu, die Luft war wie von Dampf geschwängert. Das Wasser, das an den verkalkten Knien der Rohre in Schwaden entwich, kondensierte auf den Wänden, hatte, unter den Estrich sickernd, die Dielen quellen lassen, sammelte sich in den welligen Verwerfungen des Bodens. Bis zu den Knöcheln sank ich in kalte Lachen. Der blattrig aufgesprungene Putz, die Schimmelkolonien, das Kupfer, Eisen oder Blei der dichtgereihten Rohre, alles vergeudete Aromen, gab salzigen Saft, Gase und feinste Partikel an die Atmosphäre. Das Chlor und seine keimtötenden Bruderstoffe, die mir die Augen tränen machten, hatten den Kampf gegen den Duft der Auflösung wohl längst verloren.

Am Tag meiner Entlassung aus der Klinik hatte mich Hannsi höchstpersönlich abgeholt. Mit einem Taxi waren wir zu meinem neuen Wohn- und Arbeitsort

gefahren. Er roch nach Farbe und Tapetenkleister. Während wir eine Runde durch die Zimmer drehten, sagte mir Hannsi, daß noch in der zurückliegenden Nacht drei Handwerker im Licht von starken Lampen hurtig gegipst, gepinselt und geklebt hätten, um dieses Wohnbüro instand zu setzen. Der Vormieter, ein freier Therapeut, habe die Räumlichkeiten schlimm verkommen lassen. Weil er versäumt habe, hinreichend zu lüften, seien die Ecken feucht geworden, und Schimmel habe Fuß gefaßt. Der völlig verdreckte und ebenfalls von Pilz bewachsene Teppichboden sei wie die übrige Hinterlassenschaft dieses Fußdiagnostikers und Handauflegers draußen in einem Müllcontainer zu bestaunen.
Ich stand neben dem überquellenden Behälter, als Hannsi wieder in das Taxi stieg. Daß hier, am Straßenrand, die ganze Wohn- und Berufsausrüstung meines Vorgängers als Sperrmüll allen Blicken offenlag, erregte mein Mitleid. Aber auch meine Neugier wurde davon gereizt, und ich begann, den Inhalt des Containers zu durchforschen. Es war nur armes, abgenutztes Zeug, drei zerschrammte Aktenschränke, eine tief durchgesessene oder durchgelegene Couch, Bündel vergilbter Zeitungen, die das Gehäuse eines mächtigen Fernsehers wie eine Halskrause umschlossen. Als ich ein Federbett, das noch in seinem schmierigen Bezug verblieben war, beiseite zog, fand ich darunter, als hätte ich nach ihm gesucht, einen wirklich schönen Sessel. Sein dunkelroter Plüsch war zwar an den stark beanspruchten Stellen etwas abgeschabt, aber die Polsterung wölbte sich

stramm, und die dunkle Lasur des Holzes zeigte kaum einen Kratzer.
Ich zerrte das schwere Teil über den Rand des Müllcontainers und schleppte es in sein früheres Domizil zurück. So konnte der rote Sessel inmitten der Möbel, die mir mein Arbeitgeber stellte, mein erstes von mir selbst bestimmtes Wohnstück werden. Als ich ihn noch am selben Tag genauer untersuchte, entdeckte ich, daß unter der Federung der Sitzfläche eine Schublade verborgen war. Sie ging nach hinten auf, war ohne Griff und durch ein verstecktes Häkchen gegen ein Herausrutschen gesichert. In diesem Gelaß fand ich, säuberlich gefaltet und in Plastikfolie eingeschlagen, jenen grünen Anzug, der mir, Auftrag für Auftrag, als Arbeitskleidung dienen sollte.
Im Schummerlicht einer von Sickerwasser überschlierten Lampe blieb ich stehen. Wie alle anderen Beleuchtungskörper war sie in ein Körbchen aus starkem Draht gebettet. Ich beugte mich in ihrem Schein und krempelte mir beide Hosenbeine hoch; der Anzug sollte im Endkampf der Aufklärung keinen Schaden nehmen. Fast war ich froh, daß mir der böse Bademeister Unterwäsche, Hemd und Schuhe weggestohlen hatte. Barfüßig und mit nackter Brust paßte ich besser in dieses Klima, und mein Geschlecht, das seit dem Moorbad juckende Pickel rahmten, war in der weitgeschnittenen Anzughose angenehm luftig aufgehoben.
Schwungvoll wollte ich weiterschreiten, da machte mich ein wahres Unding stutzen. In dieser Stadt, die sich gern

rühmt und sich noch lieber rühmen läßt, daß ihre Mauern Seltsamstes zu bieten hätten und die auch manche Kuriosität zu bieten weiß, hatte ich nie eine Installation wie diese, eine so widersinnig angebrachte Tür gesehen. Ihr eiserner Türstock, ihre Schwelle und ihr Flügel aus trübem Glas waren, parallel zum Boden des Korridors, in dessen Decke eingelassen. Von oben ragte die Klinke in meinen Weg, hing mir, verlockend nah, vor Augen – jedoch entdeckte ich kein Hilfsmittel, kein Höckerchen, nicht einmal eine Kiste, die mir den Aufstieg in den über mir gelegenen Raum ermöglicht hätte.
Ich trat unter das Blatt der Tür und konnte, den Kopf im Nacken, eine ins Glas geschliffene Inschrift lesen:

Hitzik & Hitzik
Geschäfte aller Art

Das reichte aus, mich, ohne weiteres Überlegen, handeln zu lassen. Ich wippte auf die Zehen, griff zu und ließ die Klinke schnappen. Die Tür kam mir, ich hätte es vorhersehen müssen, sofort entgegen. Entriegelt stürzte sie, nur noch gehalten von den Angeln, schräg auf mich nieder, die Klinke schrammte über meine Stirn, bevor das Aufschwingen auf meinem Schädel und meinen verspätet hochgeschnellten Händen sein Ende fand.
Auch ich stand still. Vom Schlag benommen, trat ich nicht unter der herabgekippten Tür hervor, sondern starrte über den Ärmel meiner Jacke ins trübe Glas, das eingegossene Drähte kreuz und quer verstärkten. Als ich

den Kopf bewegte, rutschte mir ein besonderes Fleckchen in den Blick. Gut bohnengroß und klar wie Wasser war eine Blase in die Scheibe eingeschlossen, und durch die Wölbung dieser einem Produktionsfehler entsprungenen Linse sah ich hinauf in einen Raum, der strahlend hell erleuchtet war. Wenn mich nicht alles täuschte, war das Licht zeitgleich mit meinem Unfall aufgeflammt.
Mein Zufallsguckloch ließ mich nicht viel vom nächsten Stockwerk sehen, aber der Blickwinkel war weit genug, mir einen Streifen prächtigen Deckenstucks zu zeigen. In seinem Gips kämpften Figuren. Götter oder Titanen drängten die prallen Muskeln aneinander, verrenkten sich die Glieder mit Ringergriffen und brachten Brust, Haupt und Gesäß in eindrucksvolle Posen. Ich duckte mich unter der Tür hervor, ihr Glas dröhnte gegen die Wand, und oben in den Gefilden der gesuchten und gefundenen Firma Hitzik erlosch das Licht, so daß ich aus dem Dämmer meines Gangs in nichts als Schwärze gaffte. Der ganze Prunk des eben noch geschauten Bildes, dieser Olymp, dieses Olympia der starken Männer, schien mit dem scheußlich fehlgestimmten Gong vergangen.
Der eigentliche Höhepunkt des Mißgeschicks, eine spezielle Schmach, stand mir jedoch, ohne daß ich es ahnen konnte, noch bevor. Vorsichtig meine Stirn betastend, spürte ich eine wulstförmig angeschwollene Stelle, jedoch kein Blut, und da der Schmerz schon abgeklungen war, glaubte ich mich imstande, die nächste Etage zu erobern. Ich hüpfte hoch, faßte mit beiden Händen den

Türstock und wollte mich mit einem Klimmzug nach oben bringen. Aber die simple Turnübung, die keinen Mann in die Verlegenheit des Versagens stürzen sollte, war nach dem Fasten der Auftragszeit, war nach dem qualvollen Dürsten der letzten Stunden zu schwer für mich.

Ich zappelte, versuchte mit den nassen Fußsohlen Halt an der herabhängenden Tür zu finden, und selbst als mir die Kraft zum Strampeln schwand, ließ ich nicht los, als könnten noch ungeahnte Kräfte in meine lahm werdenden Arme schießen. Statt dessen wurde ich von hinten angepackt. Während sich große, warme Hände um meine Waden schlossen, vernahm ich jenes rasselnde Einverleiben, jenes puffartige Ausstoßen der Luft, das mir an meinem fetten und, wie sich nun zeigen sollte, auch starken Bademeister aufgefallen war. Er stemmte mich mit einem Ruck empor, schon war ich mit dem Kopf im oberen Raum, dann aber hielt er mit dem Heben inne. Sein muskulöser, spürbar behaarter Arm drückte meine Unterschenkel gegen das grobe Netzhemd, sein Bauch klopfte im Rhythmus rascher Atemstöße gegen meine Fersen – und schließlich mußte ich fühlen, wie seine freigewordene andere Hand damit begann, durch den zum Glück sehr dicht gewebten Hosenstoff, tastend, drückend, reibend und kneifend, Kontakt mit meinem Geschlechtsteil aufzunehmen.

So hängend, so gehalten, wußte ich nicht, wie ich weiter nach oben dringen sollte, zugleich war mir der Weg zurück verwehrt. Mit meinen Ellenbogen, die schon auf dem Türstock lagen, schlug ich wie mit gestutzten Flügeln, mit den Beinen, die der Griff des Bademeisters zu einer Flosse aneinanderpreßte, versuchte ich mich aufzubäumen, jedoch das Zucken der Gesäß- und Schenkelmuskeln verlor schneller an Kraft als das Zappeln eines an Land geworfenen Fisches. Zumindest wollte es den wurstigen Fingern meines Peinigers nicht gelingen, einen der Knöpfe, die meine Hose verschlossen, aus seinem Schlitz zu pulen.

Die Rettung griff, gerade als ich es wagen wollte, mich rücklings über ihn hinabfallen zu lassen, von oben aus der Dunkelheit. Hände packten mein Sakko, Hände fuhren mir unter die Achseln, und zwei sich abwechselnde Männerstimmen schimpften in einer mir unbekannten Sprache und in einem seltsam wehklagenden Ton, erreichten mit diesem Jammerschmähen, daß mich der Bademeister losließ und sich murrend, mit seinen Holzpantinen durch die Wasserlachen patschend, trollte. Über mir ächzten die unbekannten Helfer. Das Wenige, was noch an Höhe fehlte, um meine Brust über den Türstock zu ziehen, kostete sie ihre ganze Kraft. Zwischen ihr Atemholen zwängten sie Rufe, die mich in meiner Anstrengung befeuern sollten. Und nach und nach verstand ich, was sie mir da entgegenschnauften, denn ihr Appell an meine Willenskräfte enthielt, verballhornt, aber doch verständlich, in großer Zahl, ja überwiegend deutsche Wörter.

Hinaufgezerrt, ins Türloch ragten nur noch meine nackten Zehen, lag ich auf der linken Seite und spürte ein

dumpfes Hämmern in der Brust. Ich sah, noch konnte ich den Kopf nicht heben, vor allem eine Kerze, ein Kerzchen bloß, schief auf ein Tellerlein geklebt. Der Schein umspielte die Schuhe meiner Helfer, dicksohlige, durch viele Ösen über Kreuz geschnürte Stiefeletten aus schwarzgefärbtem, grobgenarbtem Leder, altväterliches Schuhwerk, mit dem gewiß die denkbar längsten aller langen Wanderschaften durchzustehen waren. Selbst hier, im Büro der Firma Hitzik, war Unruhe in diesen Schuhen, sie schoben auf der Stelle, und auch das Reden meiner Retter gönnte sich keine Unterbrechung. Hoch über mir besprachen sie in aufgeregtem Ton etwas, was offenbar mit meiner weiteren Beförderung zusammenhing.
Ich drehte mich, noch immer unfähig, mich aufzurichten, auf den Rücken. Das Licht war schlecht. Ich sah zwei magere Hälse, ein Kinn war etwas günstiger erhellt. Das Fallen und Emporschnellen der dicken Unterlippe erinnerte mich an ein oft gesehenes Sprechen, und plötzlich löste das Hinschauen die Sperre vor dem hörenden Erkennen. Wie hatte ich die Stimmen dieser beiden alten Männer nur für fremd halten können. Die beiden waren – mochte ich auch andere hinter dieser Tür erwartet haben – meine mir vielfach hilfreich zur Hand gegangenen Archivare, die Brüder Lionel und Arnold Ilbich.

# 21

Der Schock der Rettung machte mich erst das Ausmaß meiner Schwäche fühlen. Mein kaum handbreit erhobener Kopf fiel wieder auf die Dielen. Aus meinem linken Augenwinkel sah ich den Kerzenstummel, langdochtig flammend, war er auf Daumennagelhöhe abgebrannt. Ach, hätten meine lieben Archivare doch nun den kleinen Finger einer Frage zu mir hinabgestreckt! Hätten sie sich in diesem gummiartig langgezogenen Moment nach dem Gewesenen erkundigt, es wäre mir vielleicht – wie eine akrobatische, mit müden und überdehnten Gelenken jedoch vollziehbare Verrenkung – ein Rückblick geglückt. Indes der Notstand der Beleuchtung zwang sie zu fliehender Betriebsamkeit. Aus ihrem Brabbeln glaubte ich herauszuhören, daß uns vollständige Verdunklung drohte, falls sich nicht ein Ersatz für das in seinen letzten Zügen liegende Stearinlicht fand.

Ich hörte die beiden in verschiedenen Ecken räumen, ich hörte Möbel rücken, Angeln quarren, Schubladen schaben und Gegenstände aneinanderklicken, ich hörte die Brüder ihre Suche kommentieren. Ich glaube, Lionel war es, der dem ein Ende setzte. Für einen Satz in klares Hochdeutsch fallend, versprach er uns, daß er im nächsten Handumdrehen das große alte Licht restituieren werde. Arnold stellte sein Scharren ein, auch ich fühlte mich von der Prophezeiung angerührt, ich krampfte Schulter- und Nackenmuskeln, und es gelang mir, das Kinn gegen die nackte Brust zu drücken. Und wirklich, Lionel hatte uns nicht zuviel versprochen, nach einem Schraubgeräusch und zeitgleich mit einem zarten Knacksen flammte das Licht von neuem auf.

Welch schwachen Abglanz hatte ich durch das dicke Glas erlinst! Jetzt sah ich, heftig blinzelnd, die Quelle, sah einen Kronleuchter tief von der Decke hängen, sah viele starke Birnen auf jedem seiner Arme strahlen. Ich stützte mich auf einen Ellenbogen und überblickte, daß Lionel, der Lichtbereiter, in einem schmalen Wandkasten hantierte, während sein Bruder, den Oberkörper über die Schublade eines Schreibtisches gebeugt, mit verkniffener Miene zu den entflammten Bögen schaute. Es war, als traue er dem wiedergewonnenen Segen nicht. Und leider Gottes erwies sich seine brüderliche Skepsis als berechtigt. Kaum daß es noch zu einem vorwarnenden Flackern kam, verging die Pracht erneut, und das, was meine Augen als letztes faßten, der Deckenstuck, das Muskelspiel der ringenden Giganten, blieb, rot und grün, zu Ornament verallgemeinert, auf meiner Netzhaut stehen, hob sich in großer Schärfe ab von der nun absoluten Schwärze des Büros, denn ausgerechnet in der kurzen Phase der Erleuchtung war jener Kerzendocht, der Notbehelf der Zeit davor, von allen unbemerkt, erloschen.

Noch heute lobe ich meine braven Archivare, daß sie den Mut nicht sinken ließen. Mehr noch als ich waren sie fremd an diesem Ort. Gewiß hatten sie das stillgelegte Parkhaus, das ihre Schätze barg und wo sie selbst geborgen waren, zum erstenmal seit Jahren verlassen, nur um mir, ihrem Lieblingskunden, in einer Art von Außendienst voranzuhelfen. Ich mußte sie fragen, wie sie mich hier gefunden hatten. Mein ausgedörrter Schlund setzte gerade zu einem ersten Krächzen an, als sich ein kühler Flaschenhals an meine aufgesprungenen Lippen drückte. Lautlos war Lionel an mich herangetreten, er kniete hinter meinem Rücken, stützte mir meinen Nacken, und an die Brust des alten Manns gelehnt, durfte ich lang, unfaßbar lang, den lang entbehrten Tee, meinen geliebten kühlen, gutgesüßten Kräutertee, in gierigen Zügen trinken.
Erquickt, dankbar wie nie zuvor in all den Arbeitsjahren, krähte ich laut, die gütigen Archivare sollten mir jetzt verraten, wie ich den jungen oder alten Hitzik finden könne. Statt einer schönen, runden Antwort stieß mir ein flattriges Altmännerkichern in die Ohren, gefolgt von langgezogenen Freudenrufen aus Arnolds Kehle. Zwei Kegel aus Licht, nicht stark, aber beständig, vermaßen die Finsternis von neuem zum Büro. Fast ähnelte ihr Funzeln einem Vorwärtstasten, zwei Riesenfinger tippten sich voran, wiesen in alle Winkel, zeigten mir nach und nach das Mobiliar. So wie nun Arnold einen geflochtenen Papierkorb, den Buckel einer wuchtigen Rechenmaschine, das Zickzackmuster eines Kokos-

läufers und dann ein weit entferntes Stehpult mit schon bescheiden gewordenem Licht bestrich, so suchen sich wohl Diebe, die wahren Kenner unserer Wohn- und Arbeitsräume, ihre Beute. Schließlich kippten die Kegel ineinander, um ihren Ursprung zu beleuchten. Ich sah die großen Hände Arnold Ilbichs zwei Taschenlampen gleichen Bautyps halten, fast prähistorisch ungetüme Exemplare aus unlackiertem, rostfleckigem Blech. Jetzt strahlte er sich ins Gesicht und sprach mit vorgestülpten Lippen, die theatralische Beleuchtung nutzend, langsam und überdeutlich meinen Namen aus, ergänzt um jene Silbe, die das Benannte zärtlich kleiner macht. Nachdem er mich so zwingend angerufen hatte, ließ er, zittrig und doch mit sicherem Gespür für meinen Blick, die hellen Kreise über die Mauer gleiten, die sich wenige Schritte hinter ihm befand. Er wandte sich dazu nicht um, sondern lenkte, die Arme vor der Brust gekreuzt, die Lichtkegel der Taschenlampen über die Achseln hinter sich, als kenne er die Wand so gut, daß er sie nicht mehr anzuschauen brauche. Im Schein, der in den Raum zurückfiel, entging mir nicht, daß seine Backen heftig zuckten, daß seine Mimik mit dem Ansturm einer starken Empfindung kämpfte.

Im eigentlichen Feld des Lichts, in dem Oval, zu dem sich beide Kreise hinter Arnolds Kopf vereinten, zeigte sich mir ein merkwürdiges Möbel: Bis hoch zum Stuck war ein gut schulterbreites Wandstück von einem feinverschachtelten Regal bedeckt. Die Konstruktion glich jenen Kästen, die einst, nachdem der technisch überholte Bleisatz aufgegeben worden war, noch einige Jahre in den Küchen-, Wohn- und Kinderzimmern unserer privaten Reiche zur Aufbewahrung hübschen Schnickschnacks dienten. Auch hier, im Büro der Firma Hitzik, glitzerte es in allen Fächern, und wenn ich die Worte meiner Archivare richtig verstand, waren die ausgestellten Dinglein eigens für mich versammelt worden. Auf allen vieren kroch ich hin zu dieser Wand.

Nach meinem Unfall hatte man mir verschiedene Therapien angeboten, deren teils raffinierte, teils grobschlächtige Verfahren mir helfen sollten, meine Räder wieder in die Bahn zu lenken. An die beteiligten Psychotechniker kann ich mich nur pauschal erinnern, ihre Physiognomien schwimmen mir ineinander, nur einer, der besonders simpel an mir laborierte und mir dabei stets an einem blanken Schreibtisch gegenübersaß, stellt meinem Vorstellungsvermögen bis heute ein spezielles Raster, eine Art Gesicht, bereit. Fettpolster hatten fast jede Kontur daraus gelöscht, sogar die Nase war nichts als ein weicher Knollen. Im Hintergrund, rechts neben meinem Therapeuten, die Länge eines Armes von seinem Nakkenspeck entfernt, hing eine Uhr, etwa so groß, daß ihr gesamtes Zifferblatt von seinem Kugelkopf verdeckt gewesen wäre, wenn sich der gute Mann davor zur Arbeit niedergelassen hätte. Ich weiß noch vage, daß mich mein Gegenüber ohne rechte Überzeugungskraft ermahnte, Geschehenes mit Hilfe des Gedächtnisses hervorzukramen und daß mir dies nur zäh und bruchstückhaft gelang. Dabei sah ich wohl öfter auf die Uhr, doch kann ich mich weder der Form der Ziffern noch der Gestalt der Zeiger, geschweige denn des Zeigerstands entsinnen. Rückblickend halte ich sogar für möglich, daß das Gerät hinter dem feisten Antlitz meines Therapeuten gar kein Chronometer, sondern nur eine bautechnisch verwandte Meßmaschine war, vielleicht ein großer Tacho, der nach jahrzehntelangem Dienst in einem Laster-Armaturenbrett den Weg an diese Klinikwand gefunden hatte.

Arnold Ilbich hatte eine der beiden Taschenlampen an seinen Bruder abgegeben. Schulter an Schulter stehend, hielten sich die alten Männer an den Hüften umschlungen und leuchteten mit siamesischer Geschicklichkeit auf das Regal. Sie folgten jedem Drehen und Beugen meines Nackens, als wäre ein solcher Dienst, die Unterwerfung unter die Willkür fremder Augenzüge, seit Jahr und Tag ihr täglich Brot. Die Setzkästen, vor denen ich kniete, enthielten mehrere hundert Exemplare einer Spielzeugautomarke, Modelle, deren Handlichkeit und gußeiserne Schwere ich als Knabe lang zu schätzen wußte – zu lang vielleicht, denn wenn ich mich nicht irre, war ich es, der als halbwüchsiger Bengel die eigene Sammlung mit einem Luftgewehr beschoß, so gründlich, so verbissen, bis keines der Autos, mit abgesprengten Rädern und zerschundener Lackierung, länger zum Spielen taugte.

Begierig, aber noch ohne den Fluchtpunkt meiner Lüsternheit zu kennen, begann ich, die Reihen abzusuchen. Mühsam bändigte ich meine Hände, pfiff sie zurück, wenn sie, um sich ein Autochen zu grabschen, nach vorne zuckten. Ich hielt die Zügel angezogen, bis ich den Janus sah. Er stand, die Motorhaube schnabelartig über das Vorderrad gekrümmt, bestürzend wirklichkeitsgetreu in seinem streichholzschachtelgroßen Kästchen. Das Fach lag etwa in Höhe meiner Brust, und deren hart gewordene Warzen schienen mir wie zusätzliche Augen auf den Dreiradlieferwagen, auf seinen grünlackierten Körper, auf das winzige Emblem der Firma Hitzik hinzustarren.

Fast wäre ich in eine ungesunde Trance verfallen, aber das Schweigen meiner Archivare – noch nie, seit ich sie kannte, waren sie derart lange stumm geblieben – saß mir als zunehmender Druck im Nacken, ich spürte die Erwartung so arg, daß ich den Janus packte. Drei Finger meiner Rechten krampften sich klauenartig um das Autochen. Schon in der ersten Anspannung des Griffs bemerkte ich, daß es nicht freibeweglich stand, sondern befestigt war. Ich zog mit aller Kraft. Metallisch schnalzend sprang das Modell des Geldtransporters – es war als Kopf auf eine Stahlstange geschraubt – gut einen Viertelmeter aus der Wand. Ein Mechanismus setzte sich in Gang, ich hörte das Brummen eines Elektroaggregats, das Schaben von Riemen oder Seilen, und schon drehte sich das Regal samt einem Stück der Bodenbretter, samt mir, um eine unsichtbare Achse, langsam und doch so schnell, daß ich ins Schwanken kam. Mit einer Schulter fiel ich gegen die Kästen, hing unglückselig schief an der herausragenden Stange und schaute in das

Büro der Firma Hitzik, das ich, bevor ich es begriffen hatte, verlassen mußte. Mit diesem letzten Blick und wilder Rührung sah ich meine verstummten Gebrauchttexthändler. Sie standen da, die Lämpchen so an die Brust gepreßt, daß deren Schein, die schönen großen Altmännernasen konturierend, die ganze Fläche der Gesichter überströmte. Festlich und abschiedsschwanger kam mir die Beleuchtung vor. Sogar den Stuck erreichte noch einmal Licht, ganz kurz glaubte ich dessen kraftvoll ringende Giganten mit meinen stillstehenden Archivaren zu einer qualvollen Figur verschlungen, und eh ich Gips und Fleisch von neuem auseinanderdividieren konnte, warf mich die Drehplatte mit starkem Schwung auf die andere Seite.

In Filmen aus der Zeit des glücklich tonspurlosen Zelluloids, in frühen Filmen, deren verschrammte Kopien, auf Magnetband übertragen und mit Musik und witzelnden Erzählerstimmen nachgerüstet, an unzähligen Bildschirmnachmittagen abgeleiert wurden, war mir als kindlichem Zuschauer schon einmal eine solche Drehwand begegnet, wie sie mich nun in die letzte Etappe meines Auftrags geschleudert hatte. Vor meinen Füßen lagen die Spielzeugautos. Mein Blick suchte den Janus, aber die Stange, die ihn als Kopf getragen hatte, war samt dem Modell des Geldtransporters im Holz des Regals verschwunden. Es ging wohl nicht auf gleichem Weg zurück. Kurz war ich in Versuchung, auf die Knie zu sinken und Auto für Auto wieder in die Ordnung der Wand zu räumen. Aber das Spannen meiner Anzug-

jacke, die mir um meine nackten Schultern besser als je zuvor, vielleicht zum erstenmal wie angegossen saß, ihr feines, gleichmäßiges Auf-mir-Lasten, brachte mich auf den Boden meiner Arbeit, brachte mich in den Freiraum meiner Arbeitszeit zurück.
Ich drehte mich und hob den Blick. Über mir wölbte sich eine weite, von mattem Licht durchspülte Saalbaukuppel. Von meinem Standort aus, von einer Balustrade, die den Saal umlief, konnte ich in das eischalenkrumme Dachgewölbe sehen. Es kam mir vor, als wäre dort ein riesiges Küken ausgeschlüpft. Allmählich, weil an das Grau in Grau gewöhnt, vermochte ich die Zackenlinien im Gewölbe besser zu deuten. Das Dach war stark beschädigt, Stahlträgerstummel ragten vor den nächtlichen Himmel. Ein Einschlag oder eine Explosion hatte die Kuppel aufgesprengt, die bloßgelegten Rippen ihres Korpus waren wohl schon lang den zermürbenden Kräften des Wetters preisgegeben. Die Nacht milderte mir den Eindruck dieser Destruktion, und wie um mich noch weiter mit dem Riß im schön Gewesenen zu versöhnen, wurde Helligkeit in das Loch geschwemmt. Strömende Schwaden verrieten, daß sie Wolken waren. Zügig zerstob das Schleierzeug, räumte den Himmelsfleck, den mir die Kuppelränder rahmten, und im gezackten Feld, wie aus dem Nichts herbeigehext, stand eine trübe, dennoch blendend helle Scheibe, hypnotisch linste sie auf mich herab, und ganz bestochen von dem Silberaug, fiel ich erst aus dem Bann der Anschauung, als ich an seiner zarten Marmorierung unseren Mond erkannte.

## 22

Den Blick nach unten, den mir die Arbeit abverlangte, dieses der weiteren Mühe zusinkende Schauen zögerte ich noch hinaus, denn das Licht des Mondes legte sich wie Balsam über meine Augen. Hoch oben, zwanzig oder dreißig Meter über mir, hatte man das Zackenloch der Kuppel mit Plastikfolien unterfangen, schließlich sah ich sogar genau, wo dieser Notbehelf zerrissen war und keine Zwischenschicht die Helligkeit der Nacht vermindern konnte. Dann zwang ich mich mit einem Seufzen zu dem einen Schritt, der noch bis an die Brüstung fehlte, und setzte mich der Anschauung der Tiefe, dem Grund der großen Halle, aus.

Am Ende eines Auftrags, wenn die Witterung des Erfolgs den Jäger wie ein vorwitziger Kobold noch einmal in die Irre zu führen droht, hilft mir eine kleine Rechenübung, das Ziel im Auge zu behalten.

Ich kalkuliere in immer kürzeren Abständen, als wäre eine stete Überprüfung nötig, wieviel mir meine Arbeit nach Subtraktion der Schulden bringen wird. Jetzt, wo die bisherigen Zahlungsregeln umgeworfen waren, hätte mir dieses Bilanzieren eigentlich schwerer fallen müssen, aber der Anblick, der sich mir, über die Balustrade spähend, bot, war so beflügelnd, daß meine

Kopfrechnung in affenartiger Geschwindigkeit vonstatten ging.
Das Schwimmbecken, das ich von meinem Ausguck aus, gleich einem stolzen Oberbademeister, überschauen konnte, war trocken, nur dort, wo sich der Kachelboden in einem jähen Knick unter die Bretter eines Sprungturms senkte, hatte sich Regenwasser angesammelt. Rund um die nasse Stelle waren die Fliesen grün verfärbt, anscheinend hatte die dünne Schmutzschicht auf der Keramik Moosen und Flechten genügt, ein Biotop zu bilden. Auf der anderen Seite war der geringere Höhenunterschied zum Beckenrand mit einer Rampe aus Bohlen ausgeglichen. Im Innern des Bassins ruhte, von Arbeitslampen kalt und schattenlos erhellt, etwas Mächtiges, Rosafarbenes, etwas, was mein am Mond geschärftes Sehen trotz seiner Größe und Deutlichkeit nicht zu bestimmen vermochte.
An diesem Ding machten sich emsige Figürlein zu schaffen. Über silbern glänzende Leitern kletterten sie auf seinen Rücken, wo ein schwacher Wind, ein anschwellender und wieder abflauender Zug, den auch ich auf meinen Händen spürte, einen schimmernden Bewuchs, eine Art Flaum, bewegte. Ich mußte wieder an das Riesenküken denken, und all die eifrigen Gestalten schienen mir wie die Pflegeeltern eines Kuckucks, die in heilloser Verblendung den fetten, fremden Balg mit eigener Brut verwechseln.
Fast hätte ich vergessen, daß ich nach etwas streng Begrenztem suchte. Zum Glück spukte mir noch die Zahl,

die ich errechnet hatte, mein Netto-Lohn, im Kopf herum. Selig, wer so den Stachel nicht nur an, sondern auch in sich spürt und als sein eigener Zwingherr das sklavische Prinzip, das er verkörpert, nicht nur ackern, sondern auch peitschen lassen kann. Also pflügte ich den Wildwuchs meiner Phantasterei schnell unter, legte das Feld der Sinne wieder brach für meinen einen Zweck, beschloß, das Treiben im Trockendock samt jenem unerkannten Gegenstand im Rahmen meines Auftrags nutzbringend zu deuten. Schon suchten meine Augen nach dem Abstieg aus der Höhe.

Der Weg hinunter auf die Ebene des Beckens war mühselig genug, um mir den Glanz des Mondlichts restlos auszutreiben. Schließlich fand ich die rechte Treppe und pirschte über die von der Zugluft eisig abgekühlten Kacheln, geschützt von einer Reihe plumper Säulen, in die Tiefe. Bis an den Rand des Beckens waren noch etwa zwanzig Schritte ohne Deckung zurückzulegen. Ich wußte wohl, daß Männer, die Gefahrenstellen zu beschleichen haben, sich flach auf den Boden werfen und schnurstracks vorwärtsrobben. Gern wollte ich diesen Helden, die ich in Schwarzweiß und Farbe gleich bewundert hatte, auf Knien und Ellenbogen Folge leisten, aber das letzte Wegstück bis zum Becken war arg verschmutzt. Laub von den Büschen und Bäumchen, die auf der Kuppel des Gebäudes wuchsen, bildete einen fauligen Teppich, drei Tauben sah ich, unterschiedlich stark verwest, in meiner Nähe liegen. Sie waren sicher nicht die einzigen, die auf der Suche nach einem Nist-

platz ins Kuppelinnere geraten und elend verkommen waren. Um ungesehen zu bleiben, hätte ich mich beinahe bäuchlings durch diesen Schmutz geschoben, wäre mir nicht im letzten Augenblick noch aufgefallen, daß Häufchen menschlicher Notdurft den Beckenrand wie Maulwurfsauswurf schmückten. Sie glänzten frisch, anscheinend scheute man den zeitraubenden Weg zu weiter entfernten Aborten.
Gebückt schlich ich voran, setzte die nackten Füße nur auf die Zehenballen, achtete mehr auf die Kothaufen der Werktätigen als auf ihr Tun im Becken. Der Quader des Sprungturms gab mir vortrefflich Deckung, aber er war auch das Zentrum der Verschmutzung, die Kloake des Betriebs. Als ich abwartend hinter seinem Sockel in die Hocke ging und mich dabei in sträflicher Gedankenlosigkeit mit meiner rechten Hand nach hinten stützte, sank ich mit drei Fingern in einen noch warmen Haufen. Glücklicherweise nicht allzu tief, der Anzugärmel war mir rein geblieben. Als ich nach etwas Ausschau hielt, um mir die übel verzierten Finger abzuwischen, entdeckte ich, womit die Arbeiter sich ihre Hintern reinigten. Rund um den Unrat knäulte sich beschmutztes Geld. Ganz nah bei mir lagen mehrere Scheine, die unbenutzt aussahen. Mißtrauisch wendete ich sie mit den Fingerspitzen, sie waren frei von Kot, aber auf einer Note fand ich Spritzer eines rosa Lacks.
Wer hat schon Zeit und Raum und Muße, um über all die feinen Verwicklungen seines Arbeitslebens nachzugrübeln. Aus einem künstlichen Instinkt wächst das

Gespür, wie man sich vorzuwursteln hat, und tief hat sich die Überzeugung eingefleischt, daß auch das redlichste Bemühen um Durchblick leicht, wie Starren in die Sonne, mit nichts als einem blödsinnigen Blinzeln endet. Ich wischte mir die Rechte sauber, mußte jedoch in Ermanglung eines spitzen Werkzeugs die Fingernägel braun gerandet lassen. Ich hob den Blick: In Wurfweite – mit meinem Glücksküßchen hätte ich jeden der Beteiligten schmerzhaft treffen können – entfaltete sich das Panorama organisierter Emsigkeit.
An langen, aufgebockten Platten war man damit beschäftigt, buntes Papier – es war wohl Geld – mit blitzenden Scheren in Streifen zu schneiden und mit Draht zu bündeln. Aus diesen Büscheln formten andere Blumen, Fächer oder Kränzlein, und wieder andere holten sich den Schmuck, trugen ihn an das rosa Ding, um ihn auf dessen Oberfläche zu befestigen. Erst hier wurde von eigens dafür Abgestellten, die sorgsam nacheinander kleine Flächen färbten, mit Spraydosen jenes Rosa, in zarten Zwischentönen abgestuft, auf das Geschnipsel aufgetragen. Gerade weil ich freiberuflich wirke und meine Tätigkeit nur winzige Wissensbröcklein für die undurchschaubar verschlungene Verdauung von Hannsis Verwaltung produziert, geht mir zu Herzen, wenn ich ein Kollektiv, in strenger Separierung und doch von einem Geist beseelt, an einem dauerhaften Artefakt, an einem Monument gar, werkeln sehe.
In unserer Stadt, die Arbeit über alles liebt, werben zahlreiche Institutionen für immer neue Qualifizierungs-

kurse und Wiedereingliederungsseminare, vom Schnupper-Workshop übers Wochenende bis hin zur zweijährigen Kontakttherapie mit diplomiertem Abschluß. Kurti, der in dieser märchenhaften Welt tausendundeinen Fehlversuch für sich verbuchen kann, war einmal als Praktikant am Produktionsgeschehen einer Geflügelzuchtanstalt beteiligt. Es war in einer Zeit, in der wir uns infolge meiner stationären Rehabilitierung aus den Augen verloren hatten und mir Kurtis Erleben zunächst unberichtet blieb. Als wir uns endlich wiedersahen, als wir in Hellas Laden wie zufällige Kunden aufeinandertrafen, drängte es Kurti so, mir das Erfahrene mitzuteilen, daß er im Rausch des Erzählens Hella, die zu allem schwieg, vergaß. Um mir ein Erlebnis besonders anschaulich zu machen, öffnete er seine Hose und ließ sie nach unten rutschen. Mit leicht geknickten, weit gespreizten Beinen stand Freund Kurti da, und im bescheidenen Licht von Hellas Laden war an der Innenseite seines linken Oberschenkels eine kleine, dank ihrer Jugend rot glänzende Narbe zu erkennen.
In einer jener Freilauf-Hallen, in denen das heutige Geflügel, Hühner, Enten, Gänse und Truthähne, seine wenigen Lebens- und Mastmonate zubringt, war Kurti als Animator eingesetzt gewesen. Durch sogenannte humane Stimulierung werden dort die Tiere – es kommen etwa tausend Vögel auf einen Mann – möglichst streßarm in Bewegung gehalten, damit sie Fischmehl und Sojaschrot nicht in Fett, sondern in rosa Muskelmasse verwandeln. Kurti, der unschuldsdumme Praktikant,

wurde dabei von einem Puter angefallen. Das starke Tier, als Küken schon kastriert und daher schwerbestimmbaren Geschlechts, hatte sich in jäher Aufwallung einer Absicht auf seinen Animator gestürzt, mit dem Schnabel dessen Hose aufgebissen und ihn gefährlich nah am Unterleib verletzt.

Ach, lieber hätte ich an dieses Abenteuer meines Freundes gedacht, ohne ihn hier und jetzt herumwirbeln zu sehen. Kurti, der sich, es war noch nicht lang her, als Lehrling den Launen eines Künstlers unterworfen hatte, zeigte sich im trockenen Grund der Halle zum Vorarbeiter aufgestiegen. Ich staunte, wie er sich unermüdlich plagte, das Tempo der schneidenden, verdrahtenden, montierenden und färbenden Kräfte hoch zu halten, gleichzeitig duldete er keine Schlamperei, und selbst bereits besprayte Geldscheinschnipsel mußten wieder abgenommen werden, weil sie der Ordnung irgendeines Planes widersprachen. Nun, wo Kurti sie mit den Nummern rief, die auf den Rücken ihrer Jacken standen, erkannte ich die Schar: Es waren alte Bekannte meines Auftrags, aber erst jetzt, wo sich die Burschen tadeln und scheuchen ließen, schien mir die Bande sicher in der Welt verankert. Sie waren Gliedmaßen im Gang der rosa Produktion. Und ihren glänzend zur Schau gestellten Eifer durchzog wie eine feine Schmutzspur jener leise Widerwille, durch den ein Streben erst wahrhaft überzeugend wirkt.

Zu guter Letzt entdeckte ich den Benjamin der Bande. Der Kleine kam – um seine Schultern schlotterte das

Jäckchen, das ich so lang zu tragen genötigt gewesen war – aus dem Bauch des rosa Ungetüms geklettert. Die aufgeklappte Tür gab eine grünlackierte Innenseite preis, und ich verstand. Dieses verzögerte Begreifen, das meine Stärke und – laut Hannsi – auch der Garant meines Erfolges ist, hat mich schon oft vor anderen lächerlich gemacht, und wenn es mir an boshaften Zeugen mangelt, schüttle ich selbst den Kopf über den Kriechgang meines Erkennens. Wie leicht hätte es mir schon von der Balustrade aus gelingen können, mit einem anderen Vergleich, der keine tierische Gestalt, sondern technische Formgebung als Drehpunkt nahm, das Objekt im Becken richtig zu bestimmen. Wie hatte ich ein Fahrzeug, eine waschechte Maschine, mit einem Vogelvieh, mit etwas Lausig-Lebendigem verwechseln können. Das rosa Ding war, endlich fiel ein Funken Logik in das Faulgas meines Glotzens, nichts anderes als der gesuchte Geldtransporter. Das Bandenbürschlein war aus dessen Hinterteil gestiegen, aus dem Transporterheck, das weiterhin – das falsche Bild klebte wie Pech an mir! – dem gefiederten Bürzel eines Vogels glich.

## 23

Nun wäre es, hätte das Glockenspiel des Sich-Entscheidens seine Dreiklänge in meinem Kopf geschlagen, an der Zeit gewesen, aus dem Schwimmbad hin zu jener Telefonzelle zu fliehen, von der ich tags zuvor schon einmal in Hannsis Verwaltung angerufen hatte. Zwar wäre ich das Risiko eingegangen, wieder nur jene kränkende Beantwortungsmaschine auszulösen, aber die Automatik hätte immerhin erlaubt, meinen Funderfolg zu melden. Ja, Mund und Ohr hätten ans Telefon gewollt, jedoch mein Auge war schon in seinem anderen Zustand angekommen: Es hatte die Bildersattheit wie den übersatten Ekel vor allen Bildern hinter sich gelassen, es hielt mich einfach dadurch fest, daß es mir immer Neues zeigte. Die Bande stellte ihre Arbeit ein, alle schlüpften aus den Jacken, warfen sie auf die Kacheln und setzten sich in einem Halbkreis um eine Stelle, die, wie von einem Lot, durch ein herabbaumelndes Kabel angegeben war. Mein Blick folgte dem weißen Strich bis in die Schwimmbadkuppel.

Dann schleppte Kurti – er ist klein, aber nicht schwach – ein großes TV-Gerät herbei und setzte es vor das Kabelende auf den Boden. Es war ein Apparat modernster Bauart, breit und erstaunlich flach. Ganz oben, am anderen Kabelende, glaubte ich plötzlich, durch die Folie, die vorm Dachloch flatterte, als matten Schemen die Schale eines Satellitenempfängers ausmachen zu können. Leider hatte Kurti den Fernseher so in den Kreis der Wartenden gestellt, daß ich im spitzen Winkel auf den Bildschirm sah. Aus dieser Perspektive quetschte sich das Gezeigte zu einem schmalen, bunt gestreiften Balken aufeinander. Nicht besser stand es um den Ton, alles verhallte auf dem kurzen Weg zu mir zu unverständlichem Gewummer. Die bestens plazierten Bandenbrüder wurden zusätzlich dadurch verwöhnt, daß ihnen jene Polin, Hellas krampfadrige Freundin, Getränke brachte, es war Sucko und eine Auswahl von Zumischfuseln, was meinen Neid in Grenzen hielt.

Vielleicht wäre ich hier, am Totpunkt der Beobachtung, wo alle anderen befriedet ins Zucken des Fernsehbildes starrten, doch noch abgezogen, um Hannsi Meldung zu erstatten, wenn nicht der sanfte Druck einer Hand auf meiner Anzugachsel und eine Stimme, die meinen Namen freundlich nannte, ein Fortgehen verhindert hätten. Bertini lächelte zu mir herab, und die Müdigkeit, die aus den Schatten unter seinen Augen und aus der Blässe seiner Wangen sprach, gab diesem Lächeln etwas Gütiges, als sähe ein von allzuviel Vernunft restlos Erschöpfter einem Unerfahrenen, der ungestüm in seine Welt einbräche, jede Torheit nach. Wiederum fiel mir auf, wie klein und schmal und schlicht Bertinis Kopf gebildet war, wie glatt sein Angesicht sich zeigte, als wäre selbst die Müdigkeit samt jenem Lächeln nur hauchdünn aufgetragen, statt sich durch Muskelspiel und wechselnde Durchblutung aus einer Tiefe herauf auszuformen.

Die nun arg naheliegende Verlegenheit wurde vom Schwung der Worte hinweggefegt, mit denen Bertini mich begrüßte. Er faßte mich am Ärmel, half mir hoch, bedauerte das Mißgeschick, das mir in seiner alten Werkstatt widerfahren sei, zog mich zum Becken, gratulierte mir zur Rückgewinnung meiner Jacke und merkte bescheiden an, daß er dazu ein wenig beigetragen habe. Nun sei er hocherfreut, daß ich erneut zu ihnen hergefunden hätte, denn vorhin noch hätten er und sein technischer Assistent ergebnislos erwogen, wer als Chauffeur für die nicht länger aufschiebbare Rundfahrt in Frage komme. Obschon es heutzutage Unzähligen an einer Arbeit mangle, falle es in paradoxer Spiegelung einem Arbeitsspender immer häufiger schwer, taugliche Bewerber für eine Tätigkeit zu finden. Und um das Regelhafte dieser Erfahrung durch die Erlesenheit eines Gegenbeispiels zu beweisen, wies Bertini auf die fernsehende Bande, in deren Mitte sein technischer Assistent, als wäre er nur einer dieser vielen, Platz genommen hatte.

Kurti spürte den wohlwollenden Fingerzeig des Meisters, reckte den Kopf und entdeckte uns am Beckenrand. Kurz winkte er mir zu. Ganz offensichtlich schien er nicht einmal zu ahnen, daß ich ihm nach seinen Treuebrüchen mehr als gram entgegentreten würde. Bertini setzte den Fuß auf eine der Leitern, die in die Tiefe führten. Ihm folgend, fiel mir in halber Beckenhöhe auf, wie nackt und traurig die originalen Einstiegskonstruktionen aus Edelstahl und Eichenholz ohne das Wasser, in dem sie sich einst eintauchend gespiegelt hatten, ihre Stummelenden präsentieren mußten. Unten zog mich Bertini hin zum Geldtransporter, den er überschwenglich sein Sorgen-, aber auch sein Glückskind nannte. Und auf dem kurzen Wegstück begriff ich mit vorauseilenden Blicken, daß diesen Lieferwagen, schon bevor er in Künstlerhand gefallen war, höhere Gewalten umgestaltet hatten.

Das Fahrzeug wandte uns seine linke Flanke zu und war auf dieser Seite erst zu zwei Dritteln von Papierschnipseln überwachsen. Aus nächster Nähe konnte ich jetzt sehen, wie die Geldscheinbüschel befestigt worden waren. Man hatte sie an Bohrlöchern verdrahtet und zusätzlich mit einer teerähnlichen Masse angeklebt. Die fertige Befiederung verdeckte, was die kahlen Stellen verraten hatten: Das Stahlblech der Karosserie war seines Lacks beraubt und schillerte, als hätten es die Flammen von Schweißgeräten bloßgeleckt; nur an den Kanten zu Dach und Boden klebten verkrustete Rückstände der verschmorten Farbe.

Auf die Einwirkung mörderischer Hitze ließ auch schließen, was sich von den Reifen erhalten hatte. Ihr Gummi war zu blasigen Wülsten geschrumpft, aus denen, komisch gekräuselt, die Drähte der Stahlgürtel sprossen. Als ich, weiter herumgeführt, die Front des Geldtransporters und dann die andere Flanke sah, verstand ich, daß den armen Wagen eine wahre Feuersbrunst von der Fahrerseite her überlappt und schwer versehrt hatte.

Während die Windschutzscheibe links fast völlig weggeschmolzen war, steckte rechts noch ein großes, stark gewelltes Stück im Rahmen, das die jähe Hitze oder das langsame Erkalten hatte blind werden lassen.
Bertini, der mich einmal schweigend um das Objekt geleitet hatte, sprach erst wieder, als wir erneut von vorn in das Führerhaus des Wagens blickten. Der tödliche Flammenansturm habe Fahrer und Beifahrer des Geldtransporters gnädig überrascht. In der beschaulichen Zweisamkeit ihres Gehäuses habe allenfalls ein Knistern aus dem Lautsprecher des Funkgeräts, mit einem Sekundenbruchteil Vorsprung, die Hitzewoge annonciert. Der größere Zusammenhang, jenes beklagenswerte Unglück, sei ja inzwischen medial rekonstruiert, das heiße, man könne ohne Mühe wissen und erzählen, was geschehen sei.
Während der Wagen die Uferstraße des Kanals befuhr, kam von hinten, auf dem aufkochenden Wasser, der Rumpf des abgestürzten Großraumflugzeugs herangeschossen. Ganz knapp, für menschliche Sinne nicht zu unterscheiden, gingen der Feuerwand ein Brüllen und eine jeden anderen Laut hinwegfegende Druckwelle voraus. Noch in den Seitenstraßen wurden Passanten von Hitzestoß, Lichtblitz und Höllenkrachen wie von den drei vorderen Knöcheln einer Faust zu Boden geschlagen. Und als er selbst – Bertini pochte sich an die Brust – mit seinem damaligen Assistenten, kaum drei Minuten nach der Katastrophe, mit dem Möbelwagen die Kanalstraße erreichte, glimmten die Uferbäume wie schlecht

gelöschte Kerzendochte, und der zur Hälfte blank geleckte Geldtransporter stand, als ruhte er sich aus, gerückt an eine Peitschenlampe, still.
Auf Zehenspitzen – Scheu, ja Ehrfurcht schienen ihnen angebracht – gingen sie um den dampfenden und aromatisch duftenden Wagen herum. Schließlich griff Kurtis wackerer Vorgänger beherzt durch den Fensterrahmen der Fahrertür, um sie von innen zu entriegeln. Nachdem durch dieses Eindringen der Hand der stärkste Bann gebrochen war, untersuchten sie den Fahrer. Der äußerlich verkohlte Leichnam war warm, erheblich wärmer, als er zu Lebzeiten gewesen war. Trotz der gebotenen Eile war äußerste Behutsamkeit verlangt, denn wegen seiner Spröde vertrug der Leib kein Zupacken oder Ziehen. Gemeinsam hoben sie das Korpus, das durch die Schockverdunstung auch deutlich an Gewicht verloren hatte, auf den Schoß seines nicht ganz so gleichmäßig mumifizierten Kollegen. Dann nahm der damalige Assistent hinter dem Lenkrad Platz, und ehe die ersten vorwitzigen Gaffer und die berufsmäßigen Helfer in den innersten Bereich der Havarie gedrungen waren, gelang es ihnen, den Geldtransporter in den Bauch des Möbelwagens zu manövrieren und für die Kunst zu retten.
Bertini wandte sich von mir ab, tätschelte lang die schon perfekt gefiederte Motorhaube, kickte dann zärtlich gegen zwei nagelneue Räder, die am Stoßfänger des Wagens lehnten. Sein damaliger Assistent, die erste Hilfskraft, die er sich als Künstler habe leisten können, sei

bald darauf Opfer seines unbedingten Einsatzwillens geworden. Die notwendige Konservierung der gedörrten Fahrer habe sie beide an die Grenzen ihres Könnens und ihrer Kraft gebracht. Rund um die Uhr hätten sie nebeneinander, mit angelesenen Techniken und zweckentfremdetem Gerät, im kühlen Keller von Bettinas Bar an den Leibern operieren müssen. Gerade weil sie an der Oberfläche so gründlich trocken gewesen seien, habe die tieferen Gewebeschichten und die Organe ein erschreckend schneller Zerfall bedroht, und was sein erster Assistent damals geleistet und erlitten habe, verlange, daß dessen Name auf Dauer mit dem entstandenen Artefakt verbunden bleibe.

Als nämlich, im dritten Morgengrauen, nach manchem Rückschlag der Stillstand der Zersetzung errungen war, als nicht das kleinste Tröpfchen Fäulniswasser mehr aus den Poren der Fahrerkörper rann und auch kein Hauch Verwesungsduft mehr aufstieg, bemerkte der Assistent, daß seine Hand, infolge eines kleinen Schnitts im Handteller, entzündet war. Etwas aus ihrer Arbeit, Leichenstoff oder eines der Konservierungsmittel, war in den Blutkreislauf gedrungen. Die klinische Behandlung, in die sein Assistent sich auf sein Drängen sofort begeben hatte, führte bereits am Abend desselben Tages zur chirurgischen Entfernung dieser Hand, dann zum Verlust des ganzen Arms, aber beide Amputationen konnten die tödliche Vergiftung des Körpers nicht verhindern. Um dem damit aus jedem Dienst Geschiedenen die letzte Ehre zu erweisen, um seinem Arbeitsende eine würdige

Form zu geben, hatte Bertini, der verwaiste Chef, versucht, den Leichnam heimzuholen. Aber es war ihm lediglich, durch die Bestechung suckokranken Klinikpersonals, geglückt, Hand und Arm aus einer Kühltruhe des toxologischen Labors zu bergen.

Bertini preßte sich mit ausgebreiteten Armen und gespreizten Fingern an die rechte Flanke des Transporters, mit beiden Händen wühlte er in dem hier lückenlos befestigten Gefieder, und selbst die Nase steckte er für eine lange stumme Weile in die Geldscheinschnipsel. Als Künstler, der er leider Gottes mit Haut und Haaren sei, habe er die zerstückelte Extremität des Assistenten wieder zusammengefügt, bestmöglich präpariert und außerdem die Gesichtszüge des Verblichenen in einer schlichten Maske nachgebildet. Beide Stücke seien gelungen und ließen sich gut am Leibe tragen. So ausgestattet, sei er, Bertini, als sein erster Assistent durch die Straßen unserer Stadt gezogen, um Zeremonien zu Ehren des Toten zu verrichten. Dieses doppelgängerische Trauern finde nun im Rahmen des Kunstprojekts ein Ende. Zudem sei Kurti dabei, sich als ein technischer Assistent ganz eigener Güte zu entpuppen. Erneut erweise sich ein Spätberufener als das Salz im Eintopf des Berufs, und wenn man Kurtis Schrulligkeiten nicht zu stark beschneide und ihn bisweilen krumme Wege gehen lasse, könne er selbst den abgeklärten Fachmann mit originellen Lösungen verblüffen.

Das Cockpit des Geldtransporters, das ich mir durch die offene Beifahrertür besah, war von Bertini und seinen

Helfern einer grundsätzlichen Umgestaltung unterworfen worden. Anstelle der beiden Einzelsitze, wie ich sie noch von Hannsis Computergrafik in Erinnerung hatte, war eine dreistufige Bank montiert. Deren äußere Sitzflächen waren schmal und stark erhöht, sie sollten, wie Bertini mir erklärte, die beiden Mumien tragen. Das Mittelstück der Bank dagegen lag eindeutig so tief, daß der, der dort zwischen den Toten seinen Platz einnehmen würde, nicht mehr über den Windschutzscheibenrahmen blicken konnte und daher auch von außen nicht mehr sichtbar war. Als Ersatz für das gewohnte Aug-in-Aug mit seiner Welt war diesem dritten Mann ein Monitor unter das Armaturenbrett geschraubt. Der Bildschirm und das zierliche, nur zu einem Halbkreis gekrümmte Steuer ließen mich vermuten, daß er den Wagen allein mit Hilfe eines übertragenen Bildes durch die Straßen lenken sollte.

Ich setzte einen Fuß ins Führerhaus und beugte mich so weit vor, daß meine Hände die mittlere Sitzfläche erreichten. Als ich auch meinen zweiten Fuß ins Fahrzeuginnere holte, um besser auf den Monitor zu sehen, spürte ich Bertinis Atem über meinen Nacken streichen. Der Künstler nutzte die Enge des Gehäuses, um mich in einem zarten Schmeichelton zu fragen, ob ich mich wohl der Kunst zuliebe und für ein angemessenes Entgelt mit diesem Sitz und der damit verbundenen Fahrarbeit befreunden könne.

# 24

Hannsi, mein blasser Klassengenosse in verflossenen Tagen und mein diskreter Chef in dieser neuen Zeit, der mir völlig entfallen kann, wenn ich auf Arbeitspfaden wandle, Hannsi wurde mir plötzlich durch laute Nennung gegenwärtig. Sein voller Name hallte vom Fernseher herüber, und unhöflich, wie ich es selten bin, schob ich Bertini beiseite und sprang hinüber vor den Apparat, dessen breitem Glas die Lautsprecher wie abstehende Ohren beigegeben waren. Hannsis Familiennamen hatte ich in der Schule zuletzt gehört, und sein zweiter, blumig altmodischer Vorname war mir gerade eben erst verraten worden. Ich hockte mich hinter einen der Bandenburschen und sah, wie Schrift über die Panorama-Ansicht eines Studios lief, dann sprang das Bild und zeigte nichts als Hannsis Antlitz.

Haare und Hals wurden vom Rand des Schirms beschnitten, nur rechts und links blieben diffus schillernde freie Streifen. Hannsi lächelte, hielt diesen Ausdruck in der Schwebe, während eine Stimme aus dem Off erzählte, daß er auf vielfältige Weise in unserem Wirtschaftsleben tätig sei. Am Charakter der Erläuterungen, die niemals deutlich sagten, aus welchen Aufgaben Hannsis Profession bestand, erkannte ich die Sendung. Kurti hatte mir oft von ihr vorgeschwärmt. Er, der chronisch Stellungslose, liebt diese Show, in der ein hochkarätiger Experte gegen einen Laien, den sogenannten Kandidaten, zu einer Art Duell antritt.

Der Kandidat hält für den Experten ein kniffliges Problem aus dessen Fachgebiet parat: die sogenannte Zwickmühle. ›Meine Zwickmühle‹ heißt auch die Sendung, und ihr besonderer Reiz besteht wohl darin, daß der Fall, um den es geht, nicht konstruiert ist, sondern sich wie eine Kletterpflanze um die privaten Nöte des Kandidaten rankt. Bewertet vom Studiopublikum, spielt er um einen Geldpreis, der, falls es ihm gelingt, den Experten zu spektakulären Leistungen zu treiben, erstaunlich hoch sein kann. Die Live-Zuschauer schätzen und honorieren es, wenn der Kandidat erst nach und nach die verzwicktesten Widrigkeiten seiner Lage preisgibt, sie jubeln, wenn der Experte mit immer verrückteren Winkelzügen es schließlich doch noch schafft, ihn aus dem Gespinst seiner Mißlichkeiten zu befreien. Neugierig reckte ich den Hals.

Wie immer begann die Sendung mit einem kleinen Film, der die Zwangslage des Kandidaten zeigte. In einer Folge kurzweiliger Szenen gab Hannsis Kandidat sich selbst und kommentierte als Erzählerstimme, was zu sehen war. Schauspieler mimten die anderen, auf eine handliche Zahl begrenzten Konfliktfiguren. Der Kandidat, der Hannsis Expertentum auf die Probe stellen sollte, war ein mittelalter Junggeselle. In einer schwungvoll gefilmten und eigenwillig geschnittenen Eröffnungsszene sah man ihn in der Fabrik am Band, zu flotter Musik montierte er die Vordersitze eines Mittelklassewagens. Direkt aus einer Großaufnahme der arbeitenden Hände hüpfte der Film in den Garten des Kandidaten. Dieselben Hände führten nun eine Rosenschere. Hier, im Biotop des Feierabends, im Hobby, hatten Lust und Liebe dieses Mannes, aber auch seine Sorgen ihre Heimat: Der Autoausstatter war passionierter Rosenzüchter. Erst an den edelsten Gewächsen unserer Natur bewiesen seine Hände die ganze Breite ihrer Fingerfertigkeit, und seine Stimme nannte mit verhaltenem Stolz die Zahl der in einer langen fließenden Bilderfolge gezeigten Urkunden, Medaillen und Pokale aus nationalen wie internationalen Wettbewerben.

Der Höhepunkt seiner Freizeitkarriere, ja seines Lebens war erreicht, als ihm nach jahrelangem Kreuzen und Selektieren die Rückzüchtung einer Rosenart gelang. Die lange ausgestorbene Rasse, die schon das älteste aller Rosenbücher in legendenhaftem Ton beschrieb und die noch ältere Dichter wie die Liebe selbst beschworen hatten, wuchs nun leibhaftig, durch Laus und Mehltau ganz banal bedroht, im Vorgärtlein des Hobbyzüchters. Die Pflanze war dornenreich, trug wenige, recht kleine und schwachfarbige Blüten, jedoch verschwendeten diese Geschlechtsorgane vom Platzen der Knospe bis zum Abwelken des letzten Blütenblattes einen barbarisch süßen Duft. Der sich fast schlierig in der Luft verströmende Geruch machte den meisten Zeitgenossen den Aufenthalt am Strauch schnell unbehaglich, nicht wenige fühlten nach kurzem Ergötzen einen unbändigen Brechreiz in die Kehle steigen. So reagierte auch der Nachbar des Züchters. Er war der langjährige Kollege und der einzige Freund des Kandidaten; harmonisch hatten die beiden alleinstehenden Männer jahraus, jahrein die Hälften eines Doppelhauses bewohnt und sich auch in der Nutzung des ungeteilten Gartens gut vertragen. Verzweifelt, fast erbittert legte der Schauspieler, der hier im Film den Nachbarn mimte, die Hände an die Schläfen, der penetrante Duft der rückgewonnenen Blume, gepflanzt in möglichst vielen Exemplaren, um die Art zu sichern, drohte die alte Männerfreundschaft zu zerstören und beide in einen wahren Rosenkrieg zu stürzen.

Das Fernsehbild war ungewöhnlich scharf, wahrscheinlich hatte ich noch nie vor einem derart fein auflösenden und perfekt justierten Schirm gesessen. Zudem begünstigte die spärliche Beleuchtung der Schwimmbadhalle die Sammlung auf das auch farblich ausgewogene, weder zu sehr ins Rote noch ins Grüne spielende Bild, und sogar meine Position als das am weitesten vom Apparat entfernte Mitglied der Zuschauergemeinschaft schien für die Verdichtung der Lichtpunkte zur ganzheitlichen Illusion nahezu ideal. Nur Kurti störte meine Hingabe. Kurti fand keine Muße. In die Knie gesunken, wippte er unruhig auf und ab, die Schultern zuckten einzeln und zusammen in die Höhe, und sein Gesicht brach ihm zu langen Seitenblicken aus. Mit einem jähen Hopser stieß er mir erneut ins Bild.

Vielleicht hing seine ärgerliche Zappelei damit zusammen, daß er gerade wieder von dem Wunsch gepeinigt wurde, eine der beiden Rollen zu übernehmen. Immer wieder hatte er erwogen und mich gefragt, ob er sich nicht mit dem jeweils dringlichsten Problem seiner Sammlerleidenschaft bei der Produktionsgesellschaft der Sendung bewerben solle. Zuletzt war es seine Suche nach einem raren Streifen aus der frühen Zeit des Farbfilms, mit der er sich als Kandidat in Vorschlag bringen wollte. Dieser verschollene Film, den Kurti so hitzig begehrte, soll in unserer Stadt, die damals Hauptstadt eines kurzlebigen, jedoch bis heute nachhallenden Reichs gewesen war, entstanden sein. Ein gehbehinderter, geistig aber hyperbeweglicher Minister, der alles, was in Bild und Ton und Druck für die damaligen Konsumenten angefertigt wurde, streng kontrollieren und zensieren ließ, verfolgte privat äußerst spezifisch zugespitzte Lüste. Er hieß die Diven des staatlichen Filmkonzerns zu geheimen Aufnahmen erscheinen, und der gerade frisch erfundene Farbfilm soll diesen Streifen den letzten Pfiff gegeben haben. In luxuriösen Bad- und Toilettenräumen ließ er die Stars seltsame sanitäre Exerzitien verrichten, die bis in Feinheiten der Gestik, bis in das Schwenken eines Knies, seiner Choreographie gehorchen mußten. Und auch die Farben der Kostüme, der Kacheln, der Porzellanschüsseln und Plüschvorleger hatte der kunstsinnige Minister persönlich aufeinander abgestimmt.

Auf seine Weisung wurden die Stellungsspiele tonlos

aufgezeichnet und nachträglich mit rhythmisiertem Tröpfeln, Plätschern, Rauschen untermalt. Lange hatte es von dieser Kollektion geheißen, die Zelluloid-Rollen seien wie andere brennbare Schätze unserer Kunstgeschichte bei einem der Luftangriffe auf die Hauptstadt in Rauch und Asche aufgegangen. Dann jedoch klang auf Kurtis Szene, im Dunstkreis ähnlich passionierter Sammler, die Mär auf, einer der Streifen, der eine angeblich aus Ungarn ins Reich gekommene Tänzerin in den Sanitärkulissen zeige, sei über Kriegswirren und lange Nachkriegszeit hinweg gerettet worden. In einem kontinuierlich gutgekühlten Keller, im fünften Tiefgeschoß einer Bunkerruine, habe sich die Kostbarkeit bis auf den heutigen Tag erhalten.

Kurti verzichtete dann doch darauf, sich mit seiner Sehnsucht als Kandidat der Sendung zu bewerben. Denn er befürchtete, daß es in unserer Stadt, dem Kopf des Landes, keinen gab, der ihn an Kenntnissen weit genug übertraf, um ihm zur Auffindung des Filmes zu verhelfen. Statt dessen kam ihm die Idee, sich selber als Experten vorzuschlagen. Von nun an forschte er unter den Kunden der Grünen Zisterne nach einem, der bereit war, die vertracktesten Verfahrenheiten rund um den letzten, geheimen Wunsch seiner Film- und Video-Passion im Fernsehen darzustellen. Kurti machte sich diese Suche schwer. Denn alles, nicht nur das Begehren des eventuellen Kandidaten, auch dessen Eigenart und Bildschirmtauglichkeit maß Kurti an sich selbst. Zuletzt verfiel er darauf, mich zu fragen. Auf meinen Einwand, ich hätte kein Problem, das er zur Lösung bringen könne, erwiderte mein Freund mit einem Augenzwinkern, er würde, wenn ich einverstanden wäre, den Film, nach dem es mich unwissentlich gelüste, schon aufzustöbern wissen.

Unterdessen hatte Hannsi vor der still hockenden Bande mit der Problemlösung begonnen. Der Bildschirmrahmen war ihm noch weiter ins Gesicht gerutscht, Stirn und Kinn waren jetzt angeschnitten. Diese Vergrößerung wurde der Arbeit von Hannsis Mimik nur gerecht; nie hatte ich meinen Auftraggeber so angestrengt von einer Sache sprechen sehen. Wenn mich der Augenschein nicht trog, war ihm die Schminke oberhalb der Brauen aufgesprungen. Erstaunlich große Schweißtropfen brachen das Studiolicht, fast blitzte es auf seiner Stirn, es war, als hätte die Hochspannung seines Denkens in einem intermedialen Quantensprung auf die Rasterzeilen des Geräts gefunden.

Ganz hingerissen von der dem Leuchtschirm anheimgegebenen Geistigkeit, hatte ich Mühe, auf das übertragene Wort zu achten. Ich bin fast sicher, daß Hannsi zunächst in weltmännischem Tenor das Firmament des Lebens malte, um das Problem des Kandidaten wie einen Fixstern zu verorten. Fast wörtlich weiß ich noch, was Hannsi über den Segen der Zuchtwahl und über das Heil der Arbeitsteilung sagte. Mir klingt, vielleicht für immer, in den Ohren, wie er die fünf Vokale des Wortes Evolution übertrieben deutlich separierte. Aber vielleicht konnte all das nur haftenbleiben, weil unmittelbar danach der Ton ausfiel. Das Bild blieb unbeschadet stehen, es schnellte gar, als wäre es von einer Fußschlinge befreit, noch weiter in die Wirklichkeit. Nichts ließ sich an der stummen Pracht beklagen, dennoch sprang Kurti in den Stand, kaum daß die Lautsprecher versagten. Wie närrisch schlug er auf den Apparat, so heftig und mit beiden Fäusten, daß er das Übertragungskabel zum Schaukeln brachte. Schon schwankte auch das Bild. Das ging zu weit. Ich zog das Glücksküßchen hervor, aus meiner Brusttasche fischte ich eine der schweren Kugeln. Noch lange – Kurti lag schon ein ganzes Weilchen still – konnten wir anderen den Experten sprechen sehen. Wunderbar lautlos ging die Sendung ihren Gang. Und auch wenn zwischendurch der bleiche, vielleicht eine Spur zu hell geschminkte Rosenzüchter den Bildschirm füllte, war klar, daß sein Gesicht, mit seinen schlaffen Backen, mit seinen wäßrig aufglänzenden Augen, der Rede lauschte. In unbezweifelbarer Schärfe zeigte sich, wie ihn die Analyse Hannsis tief bewegte, wie sich die Knoten seiner Mißlichkeiten langsam lockerten, bald würde ein finaler Ratschlag alles lösen. Auch ich wollte dem Kommenden so nah wie möglich sein. Um mir den Weg zum Bildschirm freizumachen, rückte der eine oder andere der Bande wohl beiseite, zumindest kann ich mich nicht erinnern, daß jemand mir im Wege saß. Bei meinen letzten Schritten trat ich auf Kurtis Körper: Ein Knacksen, ein halb knöchernes, halb technisches Geräusch, und ein Gefühl federnder Wärme unter meinen nackten Sohlen sind mit dem Moment verbunden, als

der erreichte Apparat zum letzten Mal das Antlitz des Experten faßte.
Ich sah fast nur noch Hannsis Augen. Ein Strom von Schweiß überschwemmte die Nasenwurzel. Ein dunkler Fleck am Rand der linken Augenbraue zog mich magisch an. Fast hätte ich die Hand darauf gelegt. Aber da kam mit einem zarten Knistern der Ton zurück. Ich sackte rückwärts in die Hocke, spürte, daß ich auf Kurtis Gesäß zu sitzen kam. Mit einer von Heiserkeit nicht unschön angerauhten Stimme hörte ich Hannsi sagen, daß es ihn glücklich mache, bei diesem Spiel dabeigewesen zu sein, er danke allen im Studio und draußen vor den Schirmen, daß sie Auge und Herz den Sorgen eines Mitmenschen geliehen hätten. Er, der ansonsten gleich jedermann im stillen Ozean seines Berufs verloren sei, danke dafür, daß man ihn heute, wie auf dem Kamm einer Woge, in die Sphäre der Wissenden und Ratenden emporgehoben habe.
Die Sendung war zu Ende; in Höhe der geschlossenen Lippen lief dunkelgrüner Textnachspann durchs starrstehende Bild. Ich kümmerte mich nicht um die dort mitgeteilten Namen und Funktionsbereiche, sondern studierte den Fleck, der mir über Hannsis linker Augenbraue aufgefallen war. Seltsamerweise schien er mit dem letzten Einstellungswechsel ein Stückchen in die Stirn hinaufgeglitten. Früher, bei allen unseren dienstlichen Zusammentreffen, hatte er dort keine Narbe, keinen Pigmentfleck, auch kein Muttermal besessen. Vielleicht war ihm während der Aufzeichnung ein Pickel ange-

schwollen, und der diensttuende Maskenbildner hatte versäumt, die wachsende Verunstaltung zu überschminken. Ich spürte, breitschenklig auf Kurtis Steiß gekauert, den eigenen Entzündungsherd, meine in den letzten Tagen erstmals in die untere Anzughälfte abgesackte Allergie. Der glatte Futterstoff kühlte die erigierten Pusteln, aber ich zitterte, denn mich besprang – das ungewohnte Fernsehen war wohl schuld daran! – die unerträgliche Gewißheit, daß meine Kindheit, aus der ich kaum etwas erinnere, in vielen schweren Augenblicken schön gewesen ist.

Der Fleck verblieb am selben Ort, als Hannsis Bild erloschen war, verzierte auch den Werbespot der Firma, die die Folgesendung unterstützte. Zur Aufklärung gezwungen, lüftete ich den Po, fiel auf die Knie, rutschte bis an den Apparat und mußte aus nächster Nähe sehen und verstehen, konnte sogar betasten, daß Hannsis Mal, das sein Gesicht rätselhaft überdauert hatte, nie Teil des übertragenen Bilds gewesen war. Von außen, aus meiner Welt, war eine flache Delle in die oberste Schicht des Glases geschlagen, so daß das Licht sich anders brach. Mit wenig Phantasie konnte ich mir zusammenreimen, daß dort mein Schleuderschuß, mein Glücksküßchen, verendet war.

# 25

Die ruinöse Wirkung des Erinnerns auf Tatendrang und Handlungslust ist allgemein bekannt. Aber wie jede Allerweltserkenntnis ist diese Einsicht mit einem Zucken meiner Achseln abzuschütteln, und aus der drohenden Demontage flüchtet mein Wille in eiliges Verfertigen. Der schmale Rückspiegel, in den sich manchmal doch ein Blick verirrt, zeigt mir dann nur den von mir wegstürzenden Streifen meiner jüngsten Werke. So schoß mir jetzt, gekauert vor den Fernsehapparat, die Stirn auf seinem Glas, allerlei Ungerufenes aus dem noch nicht ganz abgeschlossenen Auftrag vor das innere Auge.

Von jedem Sinn entleert und in klamaukig schnell hüpfender Folge, erschienen mir die wichtigsten Gehäuse, in die mich meine Arbeit eingeschlossen hatte. Noch einmal sah ich mich im Moorgebräu des Wannenbades liegen, ich fuhr als meine eigene Fracht im Bauch des Janus zum alten Hallenbad, ich saß, durch eine Pappmaske verunstaltet, im Fond des Taxis, kniete, von Finsternis geängstigt, in der Höhle des Möbelwagens, umbalzte eine Mumie in einem Krankenzimmer, war kurz im kahlen Kasten von Bettinas Bar gefangen, stand im entglasten Käfig einer Telefonkabine, verweilte lüstern im Leselampenschein eines blindgeflochtenen Strandkorbs und hockte, frischberufen und -rasiert, in Hannsis Schleuse. Geschwächt von diesem unerwünschten Aufmarsch abgetaner Orte, drückte ich hilfesuchend meine Augenbrauenknochen noch fester an das Bildschirmglas, erreichte aber nur, daß noch ein weiteres Gehäuse, der Fundus meiner Archivare, aus all dem Jüngsterlebten auferstand.

Das wirre Schillern auf der Stirn des Apparates war dem Erscheinen dieses Ortes günstig. Nur kurz blickte ich wie von fern auf das Parkhausdeck, schon flog ich, durch das Geschaute angezogen, unter den Spannbeton der niedrigen, aber weiten Halle. Schwebend umkreiste ich den schlichten Kassentisch der Brüder, zum ersten Mal sah ich ihn ganz verwaist, keiner der beiden Ilbichs hielt die Stellung, aber wie zum Gedächtnis an unsere letzte Dreierrunde lag auf dem Tisch, entfaltet und säuberlich glatt gestrichen, die alte Fliegerkarte. Deren dreidimensional gemalten Zielobjekte hatten den Jäger längst erwartet, vibrierend hoben sich die ersten Dächer aus dem Bild, die zur Zerstörung ausersehenen Gebäude rissen auch ihre Nachbarhäuser aus der planen Fläche, die Straßenzüge schwollen mir entgegen, und zwischen ihren hart werdenden Kämmen pulsierte glitzernd ein verlockender Verkehr.

In eine der Klüfte drang ich ein. Mein Blickpunkt war bereits unter die höchsten Firste abgesackt, in Regenrinnenhöhe pendelte mein Flug sich ein, so durch die Enge stoßend, schien ich zu rasen, obschon ein simples optisches Maßnehmen verriet, daß ich kaum schneller war als die Fahrmaschinen, die sich über den Grund der Straße schleppten. Über die Plätze unserer Hauptstadt flog ich in neue Schluchten, erkannte sogar einige der rechts und links von mir auf- und wieder wegklappenden Fassaden, und wie um einen kleinen Scherz zu wagen, führte mich mein Tiefflug vorbei am maßvoll antiquierten Neubau der Verwaltung, der, anachronistisch und doch passend, in die lange vor seiner Zeit entstandene Angriffskarte hineingezaubert worden war. Von dort brachten mich zwei rasante Schleifen zu dem Haus, in dem ich mein Wohnbüro einrichten würde. Es war im rosa Stuck der Gründerjahre zu bestaunen, und da es mir gelang, über dem nächsten Platz zu wenden und das Gebäude tiefer und langsamer anzufliegen, erspähte ich, daß das Souterrain von einer biederen Schusterwerkstatt eingenommen war.

Lange hielt es mich nicht vor den einst durchsichtigen Fenstern meiner zukünftigen Heimstatt. Es zog mich wieder hinauf bis vor die schwülstigen Balkons der Beletagen, und in dieser Höhe, die spitzen Nasen und die blankgewichsten Schuhe der Flaneure noch erkennend, passierte ich drei ungeheuer dicht belebte Plätze, die ein aus motorisierten Vehikeln, Kutschen und Pferdekarren wild gemischter Verkehr noch ungeregelt überströmen durfte. So halb entrückt, von dem historischen Gedränge unbehelligt, erreichte ich jenes Geschäftshaus, in dem die Hitzik-Sippe ihre Pfand-, Schmuck- und Geldgeschäfte abgewickelt hatte. Das Vorgängergebäude des

Parkhauses, in dem meine Gebrauchttexthändler residierten, das längst zerbombte Vaterhaus des in der Nachkriegszeit schnell baufällig gewordenen Auto-Aufbewahrungskastens, wo ich vor wenigen Flugsekunden am Arbeitstisch der Ilbichs kopfüber in die Karte eingedrungen war, dieses – so weit ich rückwärts schauen konnte – erste Gebäude, war blendend prächtig anzusehen. Das ganz und gar von Halb- und Voll-, von Doppel- und Dreifachsäulen aller nur denkbaren Stile des Abendlandes wulst- oder aderförmig überschwollene, selbst an den Ecken abgerundete und von einem eichelförmig zulaufenden Dach gekrönte Haus beschloß, freistehend und alles in seinem Umkreis überragend, eine lange und quälend dichtgedrängte Häuserzeile. Die vielen Aufschriften, Geschäfts- und Werbeschilder, die den Turm verzierten, mochte ich nicht alle lesen, doch während ein Kreisflug mich zügig nach oben schraubte, wischte der Name HITZIK in verschiedenen Größen an mir vorbei.

Ich wußte, daß mehr als Reklame meiner harrte, aber ich ahnte bis zum letzten Stockwerk nicht, wie mir die Firma entgegentreten wollte. Erst als mein Flug den höchsten der Balkone zum dritten Mal passierte, kamen zwei männliche Figürchen auf ihn heraus und schritten, Schulter an Schulter, bis zur Brüstung. Wer die Erschienenen waren, konnte ich bei den folgenden Umrundungen mit Sicherheit bestimmen, obwohl die beiden Männer durch dichten Haarwuchs und dunkle Bärte verfremdet waren, obschon sie Anzüge mit lach-

haft langen Schößen und hohe steife Krägen, sogenannte Vatermörder, trugen. Dort standen, nichts konnte mich in dieser Überzeugung irremachen, meine lieben Archivare Ilbich. Auch sie erkannten mich! Als ich in weiteren Anflügen fast die Brüstung streifte, versuchten sie mit Winken und vom Wind zerfetzten Rufen meinen vorbeirasenden Blick ins Innere des Raumes zu lenken, aus dem sie breite Flügeltüren ins Freie entlassen hatten.
Gern hätte ich dieser Weisung folgen wollen, ich wäre liebend gern auf dem Balkon gelandet, um mir das, was sie mir hier zu zeigen hatten, in Ruhe anzusehen. Aber zum Wesen meines Flugs gehörte, daß er nicht abgebrochen werden durfte, auf unerklärte Weise wußte ich, daß mir ein schlimmer Absturz drohte, und zwar viel tiefer noch als von der Spitze dieses Turmes, falls ich es wagen sollte, ein Innehalten anzustreben. In meiner Not schraubte ich meine Flugbahn höher. Über dem Dach des Hitzik-Hauses, wo kalte, dünne Luft, knatternd wie Zellophan, um meine Ohren schlug, bemühte ich mich, möglichst enge Runden zu fliegen. Und als ich so, Arme und Beine abgespreizt, Hände und Füße gleich weit entfernt von meiner Körpermitte, fast um mich selber wirbelnd, symbolisch eine Art von Stillstand schaffte, erbarmte sich das Bauwerk selbst, und ächzend, einer gewaltigen Mechanik Folge leistend, klappte das Dach des Hauses zu drei gewölbten Dreiecken auseinander. Die weichenden Ziegel, Dachbalken und Deckenbohlen gaben mir freien Einblick in die oberste Etage.
Der dargebotene Raum war groß, fast völlig leer. Aber

was sich als einziges Objekt am Grund der kahlen Riesenkiste fand, war trotzdem schwierig auszuspähen. Das lag an meiner unglückselig zugespitzten Lage. In allerengstem Kreis über dem offenen Dach herumgeführt, machte mich das Bestreben, den Gegenstand dort unten zu fixieren, sofort entsetzlich schwindeln. Magen und Kopf verkrampften sich in Übelkeit. Zumindest erkannte ich die Sache als ein Möbel. Da stand ein Tischlein, putzig klein, mit einem Stühlchen zu einem flachen Pult verbunden. Die Armlehnen verjüngten sich und gingen in feinem Schwung in die hochgezogenen Randleisten der Platte über. Allein von oben war ein Einstieg auf die Sitzfläche möglich. Die Tischplatte schmückte ein buntes Bild, und mit knirschenden Zähnen, den Brechreiz immer neu hinunterwürgend, mühte ich mich, mein Hinschauen so zu justieren, daß ich das Aufgemalte deuten könnte. Aber die letzte Schärfe blieb mir doch versagt; ich kann nur sagen, daß es menschliche Gestalten waren, vermutlich Märchen- oder Sagenwesen, die, zu Posen erstarrt, unter dem harten Lack verharrten.

Also ließ ich den Tisch, versuchte statt dessen, das Wesen des an ihn geleimten Stühlchens zu ergründen. Obwohl in zierlicher Manier wie ein bequemer Schreibtischstuhl gestaltet, verriet das Möbel, aus meiner Vogelperspektive angeschaut, seinen wahren Zweck. Eine kreisrunde Öffnung war in seine Sitzfläche gesägt, und durch das Loch schimmerte perlmuttfarben der Boden eines eingehängten Topfes. Das Material, aus dem der Pott gefertigt war, erschien mir plötzlich von beklemmender Bedeutung. Ich ahnte, daß es ein früher Kunststoff war und daß sein bloßer Name, den längst die Namen neuerer Plaste in Vergessenheit hatten geraten lassen, gerade mir noch etwas Dringliches zu sagen hatte.

Im Grund des Topfes war die Materialbezeichnung in spiegelverkehrten Lettern eingegossen, aber das Lesen, das mich vielleicht gerettet hätte, wurde mir hoffnungslos erschwert durch ein Erkennen. In einer wahnwitzigen Ignoranz hatte ich einen Umstand bislang aus meinem Sehen ausgeschlossen: Das Pultchen war nicht leer. Da saß ein transparentes Kind. So seltsam vag und hell, daß ich nicht sicher bestimmen konnte, ob ein Junge oder ein Mädchen dort zu hocken hatte. Allerdings ließ mich eine Eigentümlichkeit doch annehmen, daß dieser durchscheinende Körper eher einem Bub gehörte.

Vom Kinn des Kindes oder von seinen Lippen hing, halb wie ein Bart, halb wie eine an falscher Stelle ausgetriebene Nabelschnur, ein fleischfarbenes Gewächs herunter. Es hatte mit der sanften Gewalt des Wurzelkeims die Tischplatte durchstoßen und ringelte sich, einem Schwänzlein ähnlich, unterhalb des Tisches. Mir schienen tausend Jahre Ekel, ein Kaiserreich der Scheu und Abscheu, an diesem Auswuchs aufgehängt. Mein Flug riß ab. Die längst schon überspannte Drehung, die Rotation meines rücksichtslos einsinnigen Besinnens, entkrampfte sich in rhythmischem Erbrechen. Mit weitgespannten Armen, die Finger hinter den Fernseher gekrallt, preßte ich mich ans Glas, ich hielt den Bildschirm wie eine breite, flache, harte Männerbrust und spie das Wenige, das ich im Magen hatte, ein bißchen Tee und Schleim, über die Schwimmbadkacheln.

## 26

Niemals ist mir geschehen, daß ich im Laufe eines Auftrags das Bewußtsein ganz verloren habe; zwar kam es regelmäßig vor, daß mich Müdigkeit, Entkräftung und vor allem Durst, jenes quälende Dürsten nach dem einzig wahren Trank, in die Knie gezwungen haben, aber selbst dann, wenn ich mich, mit den Händen auf den Boden patschend, im Gang der Vierfüßler auf die Lösung zubewegte, hielt ich doch meine Augen offen, und was ich sah, füllte mir so den Kopf, daß ich behaupten darf: Ich war bei Sinnen.

Im Becken des Hallenbades hing ich nun, bis ins Mark geschwächt, am Fernsehschirm, ein Schiffbrüchiger, geklammert an die Planken eines leeren Fasses. Trotzdem verstand ich, was vor sich ging, als zwei von Bertinis Bande entschlossen meine nackten Knöchel packten. Unter die Achseln fuhren mir die Arme anderer Helfer, gemeinsam riß man mich hoch, und als dabei mein Kopf nach hinten kippte, fand sich ein fünfter Träger, der ihn in seine Hände bettete. Es war der Banden-Benjamin. Da er sich schleppend weit nach vorne beugte, standen sich unsere Gesichter gegenüber. Sein Atem streifte mir über die Augen, ich sah aus nächster Nähe, wie stark ihm das zerschlagene Gesicht geschwollen war. Als er

versuchte, mir freundlich zuzulächeln, blieb seine linke Wange, vielleicht infolge einer Nervenlähmung, starr.
Ich drehte den Kopf. Rechts wurde ich vom Meister selbst gehalten; Bertini sprach wohl schon die ganze Zeit zu mir herab, gewiß, um mich zu trösten oder zu ermutigen, aber der Reststrom meiner Kraft, der noch die Augen nährte, verhalf mir nicht mehr zu einem hörenden Verstehen. An meinem linken Arm entdeckte ich Freund Kurti, und ich werde nie sagen können, ob mich seine jähe Auferstehung mehr erschreckte oder mehr freute. Er tat sich schwer mit meiner Last. Schweiß lief ihm von der Stirn in die verkniffenen Augen, mit angespannten Backenmuskeln schien er ein Stöhnen zu zerkauen. Er war verletzt, schonte, so gut es ging, ein Bein. Ich war gerührt, daß er trotz seiner Gehbehinderung den Platz an meiner Seite offenbar keinem der Bandenbengel überlassen wollte.
Wohin man mich verfrachtet hatte, begriff ich erst, als mir die Hände der Helfenden, als wüßten sie vom Ausfall meines Gehörs, den rechten Fuß über die verschieden geriffelten Gummioberflächen zweier Pedale führten. Verständig und ergeben verharrte ich, bis alle von mir ließen und ich durch die offen stehende Fahrertür des Geldtransporters ins Freie blicken konnte. Draußen legte sich Kurti auf die Fliesen, der Bandenjüngste setzte sich zu ihm und hob sich Kurtis linken Unterschenkel auf den Schoß. Jetzt trat die Polin, Hellas Freundin, zu den beiden, zog meinem Freund den Schuh und dann die Socke sacht über die Ferse. Kurti bäumte sich auf,

bleckte die Zähne zu einem Schmerzensschrei, den ich nicht hören konnte, aber ein anderer, ausgerechnet jener zudringliche Bademeister, hatte den Ruf vernommen und kam herangeeilt, um Kurti mit seinen Pranken ruhigzustellen. Während die Polin Wade und Knöchel des Verletzten betastete, mit einer grünen Paste salbte und gründlich bandagierte, ahnte ich, daß der Glückskuß aus meiner Hand als Querschläger den Anvisierten doch noch getroffen hatte. Ich zitterte vor Scham, ich hätte, trotz meiner Ausgedörrtheit, sogar Tränen über meine Tat vergossen, wenn meine mühsam feucht werdenden Augen nicht Zeugen einer weiteren pflegerischen Maßnahme geworden wären.
Die Polin hockte sich über Kurtis Kopf. Der Bademeister rückte ihr Becken in die beste Position, justierte dann mit seinen Tellerhänden Kurtis Gesicht. Der kippte den Unterkiefer weit nach unten, stülpte die Lippen übertrieben nach außen, und ich mußte, ohne den Blick abwenden zu können, erkennen, daß Hellas Freundin meinem Freund exakt den Liebesdienst gewährte, den er unter allen Wohltaten der Welt am meisten ersehnt. Ein Segen, daß die Ohren mir weiterhin den Dienst versagten, daß ich das Plätschern, Stöhnen, Schlucken, Husten, das ganz bestimmt damit einherging, nicht zu hören brauchte.
Die letzten lamellenfeinen Raffinessen von Bertinis Künstlerschaft werden mir, dem blutigen Laien, wohl ewig unentfaltet bleiben. In einem schülerhaften Übermut wage ich dennoch zu behaupten, daß mir im End-

spurt dieses Auftrags Bertinis Gebilde in besonderer Tiefenschärfe sichtbar wurden, daß meine Augäpfel ein kühler Atemzug seines Genies umhauchte. Die präparierten Leichen der Chauffeure wurden so nah bei mir auf den erhöhten Außensitzen festgeschnallt, daß ich das schwammartige Muster ihrer Hüften sah. Ein würzigsüßer Duft stieg aus dem Innern der porösen Puppen. Ich schnüffelte. Gerne hätte ich mich an dieser Ausdünstung des künstlerischen Tuns berauscht, an seinen Lösungsmitteln oder Konservierungsharzen, aber kaum saßen die Mumien auf ihren Plätzen, kaum waren die Türen des Transporters zugeworfen, da flackerte der Steuerbildschirm auf.

Noch war ein Quentchen Widerwille gegen diese Art der Sicht in mir. Ich stemmte mich in meine Gurte, versuchte, mich über den Windschutzscheibenrand zu recken. Vergeblich, allein die dürren Puppen durften direkt ins Freie schauen, ich mußte mich, wenn mich das Weltgeschehen weiterhin bekümmern sollte, Bertinis technischer Vermittlung anvertrauen. Alles, was ich erblickte, war durchwogt von Aufbruchsstimmung. Die Bandenburschen rannten durcheinander. Geld flatterte aus vollgestopften Eimern, jetzt schien es nicht mehr auf Akkuratesse anzukommen. Selbst Kurti humpelte, gestikulierend, zweimal über meinen Monitor. Bertini aber sah ich regungslos an dessen oberem Rand. Erst als das Getümmel lichter wurde und sich plötzlich ganz verlief, kam die Gestalt des Meisters geradlinig über den von den Geldscheinschnipseln wie von Konfetti über-

säten Schwimmhallenboden auf mich zu. Er hatte einen Korb am rechten Ellenbogen hängen, setzte ihn behutsam vor seinen Füßen ab und grüßte mich mit einem Winken.
Der Ton kam mir zurück, als Bertini mit Daumen und Zeigefinger den Reißverschluß seines Overalls faßte und ruckartig nach unten zog. Tief schrammte mir das Ritschen ins Gehör. Bertini öffnete das Kleidungsstück bis in den Schritt und stieg, nicht ohne Grazie, aus seiner Arbeitshülle. Darunter war er unbekleidet, aber nicht wirklich nackt, denn eine Schicht aus Schminke bedeckte die Haut und ließ den Körper wie glasiert erscheinen. Der Härte seiner Oberfläche entsprach, kaum daß die Kleidung abgeworfen war, ein Erfrieren seines Mienenspiels. Es blieb in einem seltsam gönnerhaften Grinsen stehen, und seine Hand, die mir eben noch leichthin zugewunken hatte, beugte die Finger ruckend, als zögen Federn ihre Glieder von einer Arretierungsstufe auf die nächste. Eine Girlande aus Geldscheinbündeln hob er so aus dem Korb und legte sie sich um die Hüften. Zu schmal, um seinem Leib als Lendenschurz zu dienen, stellte der Schmuck die männlichen Organe erst recht zur Schau. Penis und Hodensack glänzten wie Porzellan, wirkten zwar klein, aber zugleich sehr hart, fast angeschwollen. Bertini schob den leeren Korb und seinen Overall mit nacktem Fuß beiseite, die Mikrophone übertrugen mir ein Hüsteln, ich ahnte, daß er mir nun meinen Anteil an der bevorstehenden Aktion erläutern werde.

Heute darf ich wohl sagen, daß ich Bertinis Plan im Rahmen meiner Kräfte diente. Vielleicht wuchs ich sogar ein Stück über mich selbst hinaus, zumindest überwand ich ein tiefes Unvermögen: Ich steuerte eine motorisierte Fahrmaschine. Der Geldtransporter war nicht leicht zu manövrieren, die Räder an der vom Feuer benagten Seite rollten schlecht. Obwohl die Reifen und Felgen erneuert worden waren, mußte ich einem rhythmisch auftretenden Schleifen, manchmal auch einem bockigen Rucken gegenlenken. Über die polternde Balkenrampe fuhr ich den Wagen schwungvoll aus dem Becken, und oben begann ein langwieriges Rangieren um Säulen und Mauerecken. Drei Treppen mußten in hüpfender Abwärtsfahrt und mit bedrohlich aufkrachendem Auspuff überwunden werden. Doch dann stand unser Fahrzeug – ich hatte die Angeln des nach außen aufgeklappten Tors gar nicht bemerkt – auf dem breiten Gehsteig. Ein zartes Morgenlicht durchflutete den Bildschirm. Die weitwinkligen Objektive sahen nach beiden Seiten in eine menschenleere Straße. Automobile aller Klassen waren, Flanke an Flanke, die Kunststoffstoßfänger dicht an der Bordsteinkante, so regelmäßig eingeparkt, als gäbe es in dieser stillen Stunde keine Unterschiede zwischen ihnen. Links sanken ihre Reihen langsam ab, die Neigung der Straße schenkte mir im oberen Eck des Monitors ein Stückchen hellen Himmel. Dort war ein neuer Tag für mich gemacht, fast brüderlich sah mich sein Rosa an, vielleicht hatte ich nie zuvor einen vergleichbar freien Blick genossen.

Bertini hatte recht gehabt, als er mir geraten hatte, auf keinen Fall den Gurt zu lösen, mich nicht zu den Mumien hochzustemmen. Da oben sei so viel zu sehen, daß es, wie ein zu großer Schmerz, als Summe Nichts ergeben müsse. Abstumpfung, Gleichgültigkeit im schlimmsten Sinne drohe dem, der partout darauf bestehe, das Wagnis unmittelbaren Schauens einzugehen. Er hatte mir erklärt, was nun zu tun verblieb. Ich solle den Transporter nach Lust und Laune durch die morgendliche Hauptstadt steuern, allein das Tempo, strikte Schrittgeschwindigkeit, sei vorgeschrieben. In der mir nun bekannten Kunstgestalt werde er auf dem Dach des Lieferwagens stehen und Geld über Geld auf die Passanten streuen. Aus heiterem Morgenhimmel sollten die wohlbekannten Scheine denen vor Augen kommen, die ihrem Broterwerb entgegeneilten. Allerdings würden unsere so beschenkten Zeitgenossen bestenfalls halbe, meistens sogar zu Drittel-, Fünftel- oder Zehntelstreifen zerschnittene Banknoten in ihren Fingern finden, und ihr Bemühen, das ihnen zugefallene Teilglück zu ganzen Noten zu ergänzen, müsse ausgerechnet an der Unzahl der umherflatternden Scheine scheitern. Die Bande werde ihre roten Kittel gegen Jacken unserer Polizei vertauschen und als Geleitschutz verhindern, daß empörte Bürger den Wagen erstürmten, bevor der letzte Schnipsel Geld auf dem Altar der Kunst geopfert sei.
So hatte mir der Meister vor unserem Aufbruch in glanzgelackter Nacktheit das Kommende beschrieben und dabei nicht an schönen Wörtern, graziösen Sätzen und

puppenhaft eckigen Gesten gespart. Schließlich war Kurti ins Bild gehinkt. Obschon erheblich gehbehindert, nahm er es auf sich, ein Utensil herbeizuschleppen, das ihm wohl zu kostbar schien, um es einem der Bandenburschen anzuvertrauen. Es war der Arm des ersten Assistenten. Sofort begann mein Freund damit, das Präparat mit hautfarbenen Bändern an Bertinis Rumpf zu spannen. Er mühte sich lange mit dem hauchzarten, wie Spitze durchbrochenen und dennoch elastischen Material, aber schließlich hing das zusätzliche Glied überzeugend vor Bertinis Brust. Die tote Hand baumelte leicht gekrümmt, als hätte sie sich nur einen Augenblick entspannt, über den putzig erigierten Genitalien.

In der ersten, zweiten und sogar in der dritten Straße, in die ich den Transporter lenkte, war keine Menschenseele auszumachen. Da fiel mir plötzlich Hellas Gatte ein, der mir, als ich im Abendrot den Taxistand passierte, seinen suckosatten Ratschlag aufgenötigt hatte. Ich wollte ihn mit seinen altersschwachen Beinchen als Solotänzer nach den Scheinen springen sehen. Es war nicht weit. Wir waren nur ein kleines Stück im Kreis gefahren, und als wir oberhalb des Schwimmbads wieder in die richtige Straße bogen, sah ich zum dritten Mal, seit ich den Auftrag angenommen hatte, den Taxistand, konnte am Rand des Monitors schon Hellas Mann und den Chauffeur erkennen. Sie hockten, ihren Fusel schlürfend, auf dem Stoßfänger des Fahrzeugs, glotzten so gleichmütig ins Morgenlicht, wie sie wohl auch die Schwärze der Nacht und das große Intermezzo unseres

Mondes hatten gelten lassen. Unser Wagen kam aus der Sonne, aus seiner Silhouette mußte als schwarzer, lichtumblitzter Spitz unsere Dachfigur, Bertinis Körper, ragen.

Ach, Sucko macht, wie jeder weiß, nicht nur ein wenig schwerhörig, auch die Nase läßt sich nur noch von stärksten Aromen reizen, und das Gespür der Haut schwindet in einem Maße, daß Suckosäufer bittere Kälte klaglos ertragen. Zugleich fördert das Zeug die Saugkraft unseres Augs so sehr, daß wir dem zügig anschwellenden Druck der Farben und Formen bald erliegen. Hellas Gemahl und sein Kumpan, der Taxifahrer, saßen im Feuerwerk des Sichtbaren, ihr hinters Gaffen weggesunkenes Gehör konnte den beiden nicht mehr melden, daß auch in ihrem Rücken Bedeutendes geschah. Mir übertrugen meine Außenmikrophone das Quietschen scharfgebremster Reifen. Die drei hinter dem Taxi zum Stillstand gekommenen Autos, zwei große Limousinen und ein Mannschaftstransporter, blockierten die ganze Fahrbahn.

Noch ehe alle Fahrzeugtüren aufgestoßen waren und diensteifrige Fahnder auf das Pflaster sprangen, hatte ich begriffen, daß Bertinis hehrer Plan an einem simplen Einsatz unseres Suckodezernats zerschellen sollte.

Die Schlacht, die dann im Handumdrehen entbrannte, mag sich für die zwei Trunkenbolde zu einem hübschen Spektakel, sogar zu einer Art Erfahrung ausgewachsen haben. Mit etwas Glück erhält sich ihnen, wenn sie in Zukunft maßvoll Sucko schlürfen, als Klümpchen Glut unter der Asche ihrer Tage eine Erinnerung an das bewegte Kampfgeschehen. Im linken Eck des Monitors sah ich sie über die Motorhaube auf das Dach des Taxis steigen. Und dort blieben die beiden, obwohl sie Ziel des Polizeieinsatzes und unseres Kunstangriffs gewesen waren, im weiteren unbehelligt.

In der ersten Phase des Gefechts hätte Bertinis grün getarnte Bande die irritierten Fahnder fast in die Fahrzeuge zurückgeknüppelt. Voll kindischer Freude beguckte ich auf meinem Steuerschirm, wie jener fette Oberfahnder, Drahtbürsten-Bertholds Vorgesetzter, aus seinem Wagen sprang, über das Bein eines Kollegen stolperte und auf den Randstein stürzte, wo ihm ein Gummiknüppel, von nicht autorisierter Hand geführt, das Köfferchen zerschlug, mit dem er seinen Spezialistenschädel noch zu schützen suchte. Geraume Zeit schwankte der Kampf zwischen den falschen Polizisten und den in ungewohnte Defensive geratenen Suckofahndern hin und her, dann drängte die Überzahl der echten Staatsvertreter die tapferen Burschen zurück auf unser Fahrzeug. Ein herrlich scharfes Panorama zeigte mir den Kampf Mann gegen Mann, leider zu kurz, denn einer der zahllosen Schläge, die auf das Federkleid des Geldtransporters niedergingen, zerstörte etwas von der darin verborgenen Elektronik. Mein Bild der Außenwelt erlosch, und das entfärbte Glas des Monitors zeigte in mattem Schwarzweiß nichts als die Spieglung meines Schädels.

Ich bin nicht allzu schreckhaft und weiß, daß die Strapazen eines Auftrags am Fleisch meines Gesichtes zehren,

aber nie hätte ich gedacht, daß mir jegliche Rundung, alle mildernden Polster, abgeschmolzen werden könnten, daß mir die Haut einmal so glatt und totenmaskenhart über die vorderen Schädelknochen spannen würde. Entsetzt fletschte das Bild vor mir die Zähne, die Lippen rutschten weit übers Gebiß, sogar das Zahnfleisch schien zurückgewichen, und zwischen langhalsigen Hauern torkelte eine dicke Zunge, deren schlammiger Belag eine eigene schlingernde Bewegung zu vollziehen schien. Ich glaubte zu erkennen, daß die mobile Schicht aus aufgeweichter, halbzerkauter Papiermasse bestand. Sogar einzelne Lettern, halbe Wörter konnte ich entziffern, es war, als hätte ich ein Blatt aus einem Buch zerbissen und dann vergessen, es hinabzuschlucken.
Vermutlich hätte ich, gebannt von diesem schauderhaften Schlamm, weiter vor meinem Bildschirm ausgeharrt und auf ein Wiederaufflackern des Außenfilms gehofft, wäre nicht langsam Farbe in die Schwarzweißspiegelung des Kopfs, der meiner war, gekommen. Die Stoppeln meines Auftragsbartes begannen von den Spitzen her in einem hellen Rot zu glühen. Es half mir nichts zu wissen, daß mir tatsächlich als ein vererbtes Merkmal rötliches Barthaar aus dem Antlitz sprießt. Ich war mir ein Gespenst. In Panik sprengte ich die Gurte, wälzte mich über die rechte Mumie, die krachend zerbrach und wie ein Riesenpilz aufstäubte, und auch die linke Leichenpuppe zerbarst unter den Tritten meiner nackten Füße. Seit diesem Auftrag muß ich bleibend wissen, daß unerträglich grauenhaft nur ist, das Schönste zu erinnern.

Blickt die Maschine in ihr eigenes Gehäuse und sieht auf ihre Innenwände, auf Räder und Rollen, auf den Drahtverhau der Elektrik und auf die Klötzchen ihrer Elektronik den eigenen frühen Film geworfen, droht Festfraß, Kurzschluß und der Absturz späterer Programme. Ich kann daher nicht sagen, von welcher Seite die Schläge kamen, die mich draußen auf der Straße trafen, wo Bertinis Bande traditionelle Gummiknüppel, die Suckofahnder aber seltsame, teleskopartig verjüngte Ruten schwangen. Mehrere kleine Brandwunden auf meinen Händen lassen mich vermuten, daß mit diesen Waffen Stromstöße ausgegeben wurden. Wahrscheinlich schützte ich mit erhobenen Armen meinen Kopf, zumindest trug der später keinerlei Spuren aus dem Kampfgeschehen, dem ich auf Rumpf und Gliedern ein Dutzend Blutergüsse zu verdanken habe, die allmählich in hellere Farbtöne hinüberschillern. Mit Sicherheit kann ich von meinem Aufenthalt im Schlachtgetümmel nur berichten, daß ich verstört zum Dach des Geldtransporters starrte. Dort oben hätte Bertini stehen sollen, aber der Platz des Künstlers war – wer weiß, wie lang schon – leer, und kein Geschenk aus heiterem Himmel umflatterte die in stupidem Kampf verbissenen Männer.
Durch niemand aufgehalten, allein von meiner Schwäche wie von einem gedehnten Gummiband verlangsamt, zwang ich mich in das letzte Wegstück meines Auftrags. Ich mußte jene ruinierte, aber funktionsbereite Telefonzelle erreichen, aus der ich tags zuvor schon einmal Hannsis Verwaltung angerufen hatte. Als kleinen Qua-

der konnte ich sie in der Ferne, am Ende des Bordsteinstrichs, an dem ich mich entlangschob, stehen sehen. Dorthin ging es mit mir voran. Zwar spürte ich weder die Sohlen meiner Füße, die mein Gewicht Schritt für Schritt auf die Fahrbahn preßte, noch meine Oberschenkelmuskeln, die das Auf und Ab meiner Masse austarierten, aber das stete Anschwellen des Häuschens zeigte mir, daß ich ihm wirklich näher kam. Schon sah ich die antiquierte Münzmaschine hängen, konnte mir vorstellen, schließlich sogar erkennen, wie der abgewetzte Plastikhörer in seiner Gabel lag, wie dessen Kabel von einer rostigen Spirale ummantelt war.

Alles war unverändert da und schien in seiner schäbigen Vernutztheit dem alten Fernmeldeauftrag zu gehorchen. Um dieses wunderbare Heilsein durch keine Ordnungswidrigkeit zu stören, stieg ich nicht einfach so durch den entglasten Rahmen in die Zelle, sondern packte den Bügelgriff der Tür und zog sie über knirschende Krümel einen Spaltbreit auf. Die Anstrengung machte mich schwindeln, aber im Ineinandertaumeln des Gesehenen und Gedachten war mir auf einmal Hannsis Nummer gegenwärtig. Um sie nicht wieder zu verlieren, krächzte ich heiser ihre Zahlenfolge vor mich hin, während meine Hände die Taschen des Anzugs nach Münzen durchwühlten. Und noch als ich, von der Erkenntnis, keinerlei Geld mehr zu besitzen, in die Knie gezwungen, die Stirn gegen die untere Kante des Münzgerätes schlagen ließ, sagte ich als mein eigener Automat immer aufs neue die Zahlenpaare der Verwaltungsnummer auf.

Ich denke, zu dem wenigen, was ich niemals vergessen könnte, gehört, wie manche Dinge zu handhaben sind. Der Drehverschluß einer Flasche wird von meinen Fingern bis ans Ende unserer Tage richtig gegriffen werden, und meine Füße werden, solange drei Pedale in Fahrzeugen zu finden sind, das, was darauf zu tun ist, unter sich verteilen. Als über mir mit infernalischem Geschrille die eingebaute Klingel des Münzgeräts ihren Betrieb aufnahm, fiel mir, ohne daß ich hätte erschrecken oder mich besinnen müssen, ein altes Wissen zu. Früher waren viele dieser öffentlichen Apparate so eingerichtet, daß man auch Anrufe entgegennehmen konnte. Schon quälte ich mich hoch, zerrte den Hörer aus der Gabel, denn keinem außer mir konnte das Läuten gelten. In einem letzten Übermut und demütig vor der Wiederkehr des gleichen, krähte ich: Mühler! Mühler Büro! Zwo-Null-Null-Dreiunddreißig-Null-Null-Zwo! Und man erhörte mich: So dürr und kalt, wie ich es von ihm kenne und letzten Endes schätzen muß, verlangte Hannsi den Standort des von mir termingerecht gefundenen Fahrzeugs.

Ich klage nicht.

Schon tags darauf wurde auf meinem Konto das Honorar verbucht. Es war ein gutes Drittel mehr, als mir nach altem Entlohnungsmodus zugestanden hätte. Die Mühe hat sich also doch gelohnt. Mehr noch, die Alltagsweisheit, daß Arbeiten von allerlei befreien könne, hat sich als wahr erwiesen. Seit meinem Ritt zwischen den Mumien, halb in Bertinis, halb in Hannsis Diensten, fahre ich wieder Auto wie in meinen jungen Jahren. Selbst meine Allergie, die mich bislang in allen Auftragspausen überfiel, bleibt aus, als wäre ihr okkulter Ursprung endlich ausgerottet.

Auch mein Freund Kurti, der bei der großen Schlägerei als einziger lebensgefährlich hart getroffen wurde, erwachte gestern aus dem Koma, und seine Ärzte sind zuversichtlich, daß der komplizierte Schädelbruch langfristig ohne Folgeschäden bleiben wird. Doch leider gibt es auch Veränderungen, die die erreichte Klarheit stören. Die Brüder Ilbich, von deren Material ich weiterhin zu zehren gedachte, sind aus unserer Stadt verschwunden. Ihr Fundus ist nicht nur verschlossen, sondern mit dicken Bohlen gegen jeden Einblick abgesichert. Ein Zaun aus hohen Gittern lenkt die Passanten weiträumig

vorbei, und das diskrete Schild einer bekannten Abbruch- und Sanierungsfirma läßt mich und andere treue Kunden Schlimmes ahnen.
So komme ich, wenn ich wie jetzt in meinem roten Sessel sitze, wenn mir die beiden Schleuderkugeln, die Souvenirs des letzten Auftrags, aus einer Handfläche in die Mulde der anderen kullern, doch ins Grübeln. Man munkelt hier im Viertel, daß die Ilbichs für immer in den Osten zurückgegangen seien. Dort sollen sie, plötzlich in Sorge um ihre nie geschonten Leiber, in jenem renommierten Luftkurort, aus dem sie stammen, langwierige Kuren über sich ergehen lassen. Und noch etwas bekümmert mich, bis sich vielleicht auch hierfür eine Lösung findet: Den festen, dichten, glatten, weiterhin wie unschuldig erhaltenen Stoff meiner Anzugjacke verunziert nun ein Fleck, ein hart gewordenes Tröpfchen Farbe, das mir eine Schicksalslaune exakt über den Abschluß des Rückenschlitzes spritzte.